原　一実
HARA Kazumi

文芸社

目次

抜けるような青空――というのを見たことがなかった理沙子は、ひょっとしたらこれがそうなのかもしれないと思った。自然が意志を持って創り上げたとしかと思えないほど他の一切の色彩を含まない青だ。この色をどう表現したらいいのだろう。「何々」のようなというたとえがどうしても思い浮かばない。

駅舎から出た理沙子の目に入ったのは、地方の一都市によくあるような駅前の街並みでも疎らに行きかう人たちでもなかった。交わることなく直線的に降り注ぐ光の束に目を細め見上げた先には、幼い子がグリグリと力を入れて塗りつけたスケッチブックの青空よりも余白のない透明な青が拡がっていた。何の表情も持っていないのにどうしてこんなに惹かれるんだろう。理沙子はそんな空を理由《わけ》もなく見つめた。

何十年も東京という大都会の空の下で生きてきた。時には空を見上げ、気が向けばしばしらくの間何の代わり映えもしない空を眺めていることもあった。ただ、そのほとんどがボーッと眺めていただけだったので、特に何の感慨もなく何の評価をすることもなかったのかもしれない。

3年前に女子大時代の友人たちとヨーロッパ旅行をした時も、去年の夏に母親と2人の妹と一緒に安曇野に遊びに行った時も、空を見上げる機会はあったはずだ。それでも今日のような気分になった覚えがない。やっぱりどこへ行っても空は青いし、どうこう言っても変わるものではないな……という感想さえ持った覚えもない。

テレビの旅番組で時おり映る空なら美しいと思ったことはある。しかし、バックライトがある分パソコンやテレビではきれいに映るんだよ、と夫に聞かされてからは、いくら青くてきれいでも映像の中の空は気にも留めなくなった。

そんな理沙子だったが、どういうわけか今は青い空が気になって仕方なかった。夫の行方は未だにわかっていないというのに……。

プロローグ

夫の芳之が母親の介護をしなくちゃならないという理由で大きなキャリーバッグを持って家を出た。

正確に言うならば、鳥取の実家で独り暮らしをしている米寿を迎えた母親をしばらく前から気にしていて、やはり自分が戻って介護をしなければと事あるごとに理沙子に告げていたからで、その理由は定かではない。理沙子の勝手な思い込みだった。

もっと正確に言うなら、キャリーバッグを持って出掛けたというのも、今まであったものがなくなっているという事実から理沙子が勝手にそう推測したにすぎない。

茶碗の一つも洗ったことはなく、パンツの1枚もたたんだことがない。亭主関白というわけではないが、家事に関する一切合切を理沙子に依存していた芳之が、どう考えても介護などできるわけがなかった。時々在宅での高齢者の介護方法をネットで閲覧していたようだが、そんな付け焼き刃の知識が通用するほど在宅介護は甘くない。母親への崇高な愛情がどれだけあろうと、それとこれとは別問題だ。介護に携わるプロでさえ困難な仕事を、その道において大した知識も何のスキルもない芳之が易々とこなしていけるわけがないと、理沙子はまるで本気にしていなかった。

1　1日目

日曜日の朝、遅く起きた理沙子がダイニングテーブルの上で見つけたのは、「行ってくる」と達筆で書かれた小さな紙きれだった。醤油さしを重しにして置いてあったその紙片はなかなかシュールで、愛用の万年筆の青いインクで書かれたその文字の美しさと相まって、理沙子はどういうことなのかを考えるより先に見とれてしまった。と同時に、そのあまりの簡潔さに〝三下り半〟でももうちょっといろいろと心情を綴るだろうと、変な物足りなさを感じたものだった。

普段こんなことしたことないのにわざわざ、と丸めてゴミ箱に入れようとしたが、その紙片は何度つかもうとしてもフワリフワリと動き、まるで生き物のように逃げ回った。まだ寝ぼけているのかとパチパチと瞬きする。まあイイや、芳之が帰宅したら責任もって捨ててもらえばいいといつもの椅子に腰を下ろした。

先に起きたのならコーヒーくらい淹れといてくれればいいのにと少しばかり不満だった。でも、ちょっと離れたコンビニにブランチ用のサンドイッチを買いに行ってくれているのかもしれない。思わぬところで、へェと驚くような気遣いができる優しい人でもある。

コンビニじゃなければ、かかりつけのドクターに散々アドバイスされていたウォーキングを気まぐれに始めてしまったのかもしれない。寒い朝だが陽射しは良好でウォーキングにはおあつらえ向きだ。それにしても……唐突。

休日のルーティンワークをこなし終えると正午を過ぎていた。結局、自分で淹れたコーヒーを一杯飲んだだけで、いつの間にかブランチの時間はとっくに過ぎていた。アァ、お腹減った。

それよりもさすがに何の連絡もないことが気がかりになり、テーブルの上のケータイを手に取った。呼び出し音は繰り返すばかりで反応なし。全くどこへ行っちゃったの、サンドイッチ待ってたのに。

仕方がないので冷蔵庫を漁り昨日の残り物で空腹を満たした。アァ、味気ない。

ペットボトルのお茶をコップに注ぎながら、一体どこに行っちゃったのかしらと頭を巡らせる。まさかとは思うが、朝起きたら認知症になっていて徘徊を始めてしまった……のだったらどうしよう。まだ還暦前だが可能性としては捨てきれない。仕事もしていないので脳への刺激もほとんどないし、認知機能の低下は否めない。

不吉な事を考え出すと切りがない。

ウキウキ気分でコンビニから帰る途中交通事故にあって、まさに今、オペの真っ最中であるとか……。理沙子の妄想の中で、若い看護師さんが血液バッグを抱えて走り回る。

イヤイヤ、まさかそれは・・・と頭を振った後、口に含んでいたお茶をゴクンと飲み込んだ。落ち着け理沙子、と目を閉じ、いつかヨガのインストラクターが言っていた言葉を思い出す。……プラス思考で生きていきましょう。両手を広げ横隔膜を上下させる。

混乱している脳細胞を整列させ行方を探らせようと試みた。
ン、アレ、さっき新聞を取りに出た時、玄関に置いておいた芳之用のキャリーバッグがあっただろうか？　視覚担当に問う。ガタッと椅子をけり、あわてて玄関に向かう。定位置にあったあの大きなキャリーバッグは……なくなっていた。玄関の鍵はしっかりかけていたので盗まれたわけではないだろう。あれだけを盗っていくヤツはまずいない。となると、芳之が持って出たとしか考えられない。
だとすると、だとすると……もうあそこしかない。ネコ並みに行動範囲が狭い芳之があれを持って出かけたのだとしたら、実家である鳥取しかありえない。なあんだ、そうなのか。それならそれで〝行ってくる〟の前でも後ろでもいいから〝鳥取へ〟と3文字足しておいてくれれば心配せずに済んだものを。何て気が利かない人だ。急いでいたのか、書くのが億劫だったのか、まさかクイズだったのではあるまい。

思い起こせば、いつの頃からか鳥取の母親の話をすることが多くなってきたような気がする。米寿の独り暮らしなのだから当然と言えば当然の話だ。風邪もひかないよが自慢の人だったが、最近調子が良くないらしいと芳之が話していたのはそんなに前ではない。私に遠慮してたのかしら？　行きたかったのならそう言えばいいのに。

何はともあれ優柔不断の夫のことだから、子猫のプチ家出のノリで飛び出して、無事鳥取に着いて母親の顔でも見たらすぐに帰ってくるだろうと理沙子は軽めの想像をしていた。場合によっては、羽田行きのモノレールの中で気が変わって引き返してくるかもしれないし、そもそも飛行機嫌いなので新幹線を乗り継いでいくにしろ、その行程の長さに嫌気がさし東京駅の新幹線ホームでくじけるかもしれない。

とにかく何をやってもおかしくはない不思議チャンなのだ。

どうであれ、今日中に「ただいまー」と重いキャリーバッグを引きずって戻ってくる公算が大きいと理沙子は高を括っていた。

しかし、短い冬の陽が落ちても、その「ただいまー」は聞こえてくることがなかった。帰りが今日中なのか明日になるのか訊こうと連絡をしたが、芳之のスマホはやはりなんの反応もなかった。波風立たぬ日常を良しとしている芳之だったが、アップグレードを試みようとしているなら称賛しようと理沙子は少々余裕をかまそうとする。とりあえず残りご飯とありあわせの野菜でチャーハンをつくり、8時まで待って帰らなかったら先に食べてしまおうと決めた。

8時半、理沙子は冷めたチャーハンを目の前にして、帰らない夫を心配し始めた。

2　2年前のできごと

そういえばあの時もなんの前触れもなかったと理沙子は思い返す。2年前のことだ。30年以上民間の気象情報会社に勤めていた芳之は、定年を迎える前に突如早期退職した。理沙子には事前に何一つ相談はなく、ある日帰宅すると「今日で辞めてきた」と、「ただいま」代わりの挨拶をした。あまりにあっけらかんとした平板な言い方だったので、理沙子は「あぁそう、お疲れさまでした」と予定調和的な答えをしてしまった。毎日条件反射的返答をしていたせいなのかもしれない。

今しがたのやりとりを何度か反復してみて何かおかしいと気づいたのは、夫が着替えのために寝室に消えてからだった。ただこの時点でも何か違和感が浮かんできただけで、芳之の言ったセリフの内容までは理解が及ばなかった。

「辞めた」は「退職した」と同義語ではないかと薄っすらと感じ始めたのは、夫が部屋着に着替えてリビングダイニングに戻ってきた時だった。

「ちょっと、さっきなんて言ったの？　もう一度言ってくれる……疲れてるのよね」

聞き間違いではなかったとほぼ確信していたが、あまりにも多忙だったので言い間違えたのだろうと、まずはそっちを疑ってみた。ワーカホリックだった夫が、そう容易く会社を辞めるとは考えにくい。忙しくはしていたが、会社に不満があるとか若手社員にいじめられているという話はしたことがない。しかし、そういう複雑で繊細な問題は、いくら長年の伴侶とはいえ軽々と口に出すのははばかられたのかもしれない。理沙子の知らぬところで芳之が苦悶の日々を送っていたのだとしたら、なんと慰めたらいいのだろう。

「ウン、辞めた、会社」

ソファーに腰かけ夕刊を広げながら、またしてもあっけらかんと言う。ブーッとけっこう存在感のある放屁までつけ加えた。やっぱり「やめた」は「辞めた」だし、今度はご丁寧に目的語付きだったので対象物は会社に他ならない。

「……どうして？」

この状況下では誰だってする質問をしたが、この「辞めた」に未だ半分以上リアルさを感じていなかったので、切羽詰まった「どうして」ではなく、少々危機感の欠落した中途半端な「どうして」になってしまう。

「ウン、前々から考えてたんだ」

新聞紙越しに事も無げでのんきな声が聞こえてくる。「夕ご飯のおかずはなぁに？」と尋ねているのと感情的にはあまり大差がない波長の返事だ。

「何かあったの？」

精神的に病んでいたとしたら、あれやこれやとうるさく問い質すのは良くないと優しい口調で尋ねた。理沙子にも少しは冷静さが残っている。

納豆用の薬味のネギを刻んでいた手は空中に静止したままになっていた。脳が混乱したため、言語と運動双方の能力を同時に遂行できないという状況に陥っていた。

「別に……」

学校を無断欠席した理由を訊かれた女子高生が答えるようなエコで不可解な答えが返ってくる。

「だって、なんにも言ってなかったじゃない」

別に……に少しだけエキサイトした。

ネギに関わっている場合ではないと、一時機能不全を起こしていた脳が再稼働を始める。とりあえず包丁を置き、エプロンで手を拭く。包丁を持ったまま近づいて右腕が不随意運動でも起こしたら、救急車やパトカーのお世話になる騒ぎになってしまう。過失であっても、無抵抗の夫を刺してしまった妻というレッテルは貼られるし、ましてや今の理沙子には〝無断で退職した夫に腹が立ち〟という立派な動機もできてしまったので、場合によっては過失を疑われる可能性もおおいにある。

のんびりと新聞を広げている大柄の夫の隣に、自然落下するように腰を下ろした。軽い振動と神妙な視線を感じたのか、芳之は新聞から目を離し、夕食の支度はやめてしまったのだろうか、お腹減ってるのに…という顔で振り向く。

「どうしたの？」

「どうしたのじゃないでしょ、なんの相談もしないで。平均寿命まで生きると仮定したら私はあと40年、あなただって25年食べてかなきゃあならないのよ。運がいいか悪いかは別にして、もしも100歳まで生きちゃったら、私なんか、今がターニングポイント付近なんだから」

現実的な問題がすぐさま思い浮かぶのは女性の特性なのか。その上、計算も正確で素早い。

芳之の退職が冗談ではないと確信した時、「どうして？」とともに理沙子の意識に浮上してきたのは、毎月の給料がなくなるという圧倒的な現実だった。リタイア後の生活資金は皆さんが考えているより掛かるんですよ、とテレビのコメンテーターが訳知り顔で話しているのを聞いたのは、数日前だったはずだ。

残りの人生、辛い思いをせず、それなりに食べて、それなりに楽しみたいだけだ。これから先、マァマァ、ソコソコ、ボチボチの慎ましやかな人生でいいのだ。なにも豪華客船で世界一周のクルーズをしたいとか、暖かい沖縄に終の棲家を求めたいなんて、贅沢を望んでいるわけではなかった。いずれにしても老後の資金の確保は重要な課題であり、その全てを芳之に頼っていた理沙子が一番に持ち出したのは仕方のないことだった。

「アァ、ゴメンね。食べてかなきゃぁ生きていけないもんね」

そう軽く謝った後、そっかー残りそんなもんかァ……と芳之は小声でブツブツと独り言を言いながら、両手の指を折り曲げて何かを数えている。

「基本でしょ、き・ほ・ん。アァ路頭に迷うわ」

計算が終わったのか、芳之がシレッとした顔をして答える。

「ウン、でも退職金も出るからなんとかなるんじゃない？　定年までいるより少し多いって経理の人が言ってたよ。それで解決？」

この人は事の重大さを認識していないようだと理沙子は頭を抱えた。何を話しても楽天的すぎる。理沙子もポジティブ思考は嫌いではないが、夫のそれは度が過ぎると感じたことが今までに何度もあった。能天気としか言いようがない。

一旦新聞を引き上げた芳之が、すぐさま下ろすと、「それに年金もあるじゃない。何もしなくても心配ないよ」と満面の笑みを浮かべた。

「…………」

そうか年金もあるのか……と一瞬ホッとしたが、その後に芳之が自信満々でつけ加えたフレーズに理沙子は引っかかった。

「もう一度言ってくれる？」

ここのところは絶対に確認しておかなければいけないと、理沙子は上半身を近づけ全身を耳にして夫の答えを待つ。一言も聞き逃してはならない。

「……またもう一度？」

芳之は不満そうだったが、もう一度言わなくちゃならないの？　と100回ごねられようが、ここは妥協できない。

「エッ、なに。年金だよ、年金。よく知らないけど毎月何万か出るんじゃ……」

「そっちじゃない。その後なんて言ったの」

「エッ、なんだっけ？」

「……何もしなくて、とか言わなかった？」

「アァ、そっち。ウン、言った」

「どういう意味か詳しく話してくれない？」

「詳しくも何も言った通りだよ。何もしなくてもだい……」

「何もしないって、もう全然仕事しないってこと？」

「……ウン、他にどういう意味あるの？」

……あきれた……。

この人はどこまで能天気なのだろう。この人の頭の中に雨が降ることはないのだろうか。それとも常に雨天決行なのか。

もう話を続けるのも嫌気がさしてきたが、こうなったら夫の描いている将来のビジョンくらいはなんとしてでも訊き出さなければならない。それがあるかないかは心許ないが。

当然のことながらそれは理沙子の大事な未来に関わってくる。万が一、生活していくのに支障が出れば、理沙子が生活資金を稼がなくてはならない。芳之の今の様子からは、自分がなんとかしようという意欲が微塵も感じられない。

女子大卒業後、理沙子はほどなく芳之と結婚したので仕事に就いた経験がない。専業主婦をずっと続けてきた。

アルバイトにしても、大学時代に急病になった友人の代理で〝マネキン〟を10日ほどやっただけである。スーパーマーケットやデパ地下で、商品を購入した人にくじを引かせたり、試食をさせたりして販促するアレだ。

たった10日なので、経験もほとんどゼロと言っていいし、何よりブランクが長すぎる。昔そんなことをしたな、という薄っすらとした記憶だけで、仕事の内容もバイト代をもらった時の喜びも覚えていない。そもそも、初めて自分で稼いだという実感があったのかどうかさえも。

そんな自分が仕事などできるのだろうか？　というよりドラフトされるかどうかがまず問題だ。もうすぐ50になる仕事経験皆無のオバさんが。

就活中だった妹の由理が話していたことを思い出す。

「『経験不問』って書いてあってもネ、だから雇うってことじゃないのよ。未経験者枠なんてもともとちっちゃいし、即戦力を欲しいなら経験者に太刀打ちできないでしょ」

フーンとその時はそんなものかと思ったが、今ではそのセリフが身に染みる。その上「年齢不問」もあてにできない。

さすがに芳之も新聞を読むのをあきらめたらしく、理沙子に不思議そうな顔を向けている。

「ネエ、会社辞めた後何もしないって、よくわからないんだけど説明して。まさか悠々自適とか晴耕雨読とかを企んでいるんじゃないでしょうね」

「……ダメ?」

少なくとも最初の疑問に対する答えではない。芳之の顔がますます不思議の度合いを増す。斜め上方に視線を向け、何か変なこと言ったかなと今しがたの自分の発言を思い返している。

「ダメ……って」

任期満了ではないにしろ、辞める前に上司に頼み込んで次の職場を紹介してもらうとか、ハローワークに日参して第二の職を斡旋してもらってゆとりあるセカンドライフを送る――のがスタンダードではないのか。二度も三度も天下りをする立場でないのは重々承知しているが、少なくともごく普通のサラリーマンらしく振る舞ってほしい。

体調が悪くて病院通いをしなくてはならないとか、家庭菜園を借りて無農薬野菜を栽培したいとかは特に聞いたことがない。ならば、あと5年、10年少しでも働こうというモチベーションはないのか。

これまでにも、夫がリタイアした後の老後生活を考えたことはなくはなかった。けれどもそれは10年先の未来だった。少なくとも明日からではない。理沙子には、その準備もその覚悟もなかった。

理沙子は自分の齢を改めて考えた。48歳――アラフィフとはいえ、まだ40代だ。人間ドックの結果は年相応の要注意項目があるものの、糖分や塩分の制限をする必要もない。むしろ、ドラキュラ伯爵が涎を垂らしてしまいそうなほど血液検査の結果は良好だ。モスキート音は聞こえないが、日常生活にどんな支障があるというのだ。もちろん膝だって痛くないし、肩が上がらないこともない。借金は多少残っているが、睡眠負債もほぼない。

わかる範囲でほぼ健康体の私が、早くも隠遁生活を始めなければならないのか……。

最近では人生100年構想とか、とんでもない話を聞くようになっている。ちょっと前までは、100歳はヒト科の中でもごく一部の種族の特殊能力だったはずだ。100年構想など理沙子は眉唾ものの話だと考えていたが、昨今では突然変異をしたかのごとく、あっちにもこっちにも100歳オーバーの活きのいいおじぃおばぁが増殖している。自分も可能性が皆無ではない。致命的な病に罹ったり、不慮の事故にでもあわない限り、まだ多くの時間が残されている。だとしたらまだハーフタイムを迎えてもないではないか。運が悪ければ、50年以上の老後が待っている。

理沙子は再び頭を抱えた。

「2人で人生を謳歌しようよ。今まで仕事にかまけてかまってやれなかったから、そのお詫びに」

何をお門違いの話をしているんだと、理沙子はどう反応したらよいかわからなくなった。……ン、失意の中にいた理沙子だったのでなんとなく聞き流してしまいそうになったが、この人はまた何か変なことを口走らなかったか。

ある意味、芳之の返答に納得してしまった理沙子だったが、まだ何かモヤモヤした思いで夫の横顔を見ていた。いつの間にか新聞に目を戻していた芳之は、気になった記事でもあったのか、新聞に顔を近づけたり遠ざけたりしている。

長い間酷使してきた芳之の両眼は、5、6年前から老眼鏡を必要としていた。しかし長らく、「まだまだ問題ないよ、僕の齢にしたら老眼の進み具合は遅い方らしいよ」と拒絶していた。強がりを言う夫ではなかったので、そうなのだろうと理沙子は気にしないでいたが、知らないうちに書斎の机の上に、ケースに入ったオーソドックスな形の老眼鏡が置いてあった。

作ってはみたものの、どういうわけか装着を嫌がり、やっぱり僕にはまだ必要ないかな、とケースに入れて机の上に置いたままだ。変なところで頑固だ。頑固というより一度決めたら自分の中でその是非を考察しないらしい。ガチガチの頑固ではなく偏屈や気まぐれの要素も加わっている。

日頃優柔不断でなかなか決断できない芳之が9割を占めているが、時として残り1割のこのやっかいな芳之が顔を出す。老眼鏡しかり、「会社辞めた」発言しかり。

ほとんど扱いやすい人種と言ってよいが、どういう事象に対してこの1割が顕われるのか、長く一緒に暮らしていても未だに不明だ。何年かに一度は、理沙子を置いてきぼりにして驚くべき決断をサラッとしてしまい、そのたびに理沙子は口を半開きにして立ちすくんだ。この調子では、ある日突然、寸分の間違いもなく記入されたペラペラの薄紙を差し出しながら「離婚しようよ」と言い出しかねない。

1割ほど複雑な精神構造を有しているこの夫と、これから毎日顔を合わせていくのか――まいにち……24時間、ご機嫌な顔をして小鼻をこすりながら「謳歌しよう宣言」をした夫と2人で――まいにち……。

けっして悪い人ではない。

大声で怒鳴りつけられたりネチネチと嫌味を言われたりされたことは、ただの一度もない。いつも温和で、内弁慶の要素だって欠片もない。もちろんDVなどもっての外だ。

ほんとにいい人なのだ。

たまの気まぐれだって許容範囲内と思ったたっていい。

銀婚式を迎えるほど長く生活を共にしてきた。快適な毎日だった。

しかし、それは芳之が週に5日勤めに出て、朝と夜に顔を合わせるというシチュエーションの上に成り立っていたのだ。その法則がくずれてしまったら、欠点のないどんなにいい人でも24時間を一緒に過ごすというのは苦痛以外の何者でもない。

ましてや、芳之はほぼ無趣味と言っていい。

アウトドアはもちろんのこと、体が大きいから椅子がきつくてねと休日に映画館で映画を観ることもないし、心臓に負担がかかるからとろくに体を動かすこともない。

じゃあベランダ園芸でもしてみたらと理沙子が勧めても、毎日手入れする暇はないしベランダ汚れるでしょと言う。まったく、暇が聞いてあきれる。

若い時はギタリストになりたかったたって言ってたでしょ、何か楽器でも習ってみたらと言うと、ご近所迷惑になるからねととぼけている。確かに一理あるかもしれないが、何もハードロックにハマれと言っているのではない。

とにかく言い訳ばかりなのだ。

読書にしろ、ほんとに興味のある本以外見向きもしない。気が向くと自分の小部屋でこっそり読んでいるようだ。四畳半ほどの部屋なので、芳之が入るとそれだけで息苦しく感じてしまう。芳之本人は書斎と呼んでいて満足しているようなので、理沙子はそう考えているならそれでいいかと、あえて異を唱えようとはしない。

しかし、大した読書家でもないのに、僕の書斎には大事なものがあるからあまりいじらないでね、と暗に入室を嫌っているような生意気なセリフを芳之が言った時には、この家はどの部屋だって私の管轄下ですからね、と語気鋭く言い返した。

たまたま読みかけの本を置きっ放しにしていて珍しいなと覗いてみると、『陰陽師の苦悩』という歴史ものなのか小説なのかよくわからない題名がついていた。

書棚に目を移すと、それほど多くない本の中に『修験道の歴史』とか『京都怨霊の街』とかいった理沙子にとっては不思議本が並べてある。占いとか怨霊とか、あまり前向きではない事象に興味があるようで、時々人差し指と中指をくっつけて顔の前で妙な動きをさせている。とはいえ、心霊写真集やスプラッターもののＤＶＤが並んでいるわけではないので、とりあえず安心はしている。

まともそうだなと思うのは月や星を撮った分厚い写真集だ。天気予報と関係があるのか、数冊の天文関係の月刊誌も脇に並べてある。そういえば、小さい頃から月とか星には興味があったと言っていた。そのくせ夜空を眺めている姿はあまり見たことがない。

今となっては遠い記憶となってしまったが、おつき合いをしていた頃、一度プラネタリウムに連れて行ってもらった覚えがある。理沙子は、真っ暗な中に光る無数の光の点を見ながら、なんてロマンティックな人なんだろうと気分が高揚したのをかすかに覚えている。けれど、一緒になってからはそんな気分になったことは一度もないし、二度とプラネタリウムに行くこともなかった。

まぁ、何事にもあまり興味を持たない芳之にしては珍しいことなので、からかったりせず静かに見守っていこうと理沙子は心に決めていた。

それにしても還暦を間近にしての無趣味というのは悲劇だ。睡眠時間以外の一日の3分の2を持て余すことになる。芳之もその中の一人になるのは目に見えていた。

あくまでも推測だが、そんな芳之はろくに見もしないテレビをつけっ放しにして、朝から晩まで居間でゴロゴロしているに違いない。場合によっては、買い物に出る理沙子について来て、スーパーでカートを押すでもなく、その周りを衛星のように無意味に動き回るかもしれない。最悪の場合、女子会に出掛けるという理沙子に、僕も一緒に行っていい？とお願いされることだってあり得る。

今までかまってあげられなかったから……の代償を、理沙子にストーカーのごとくついて回り、残りの人生、2人の時間をできるだけ共有していこうという誤ったコンセプトで支払うつもりでいるのか。

理沙子はごめん被りたかった。

どんなに〝いい人〟でも、長く生活を共にしてきた人でも、一日中一緒にいるのは〝ムリ〟だ。牛若丸と弁慶みたいなフォーメーションで同一行動を取るのは苦痛だし、周囲に気を遣って疲れてしまう。

アァ、この気持ちをどう伝えればいいのだろう。ストレートに言ってしまえば、きっと芳之は二の句が継げないほど落ち込んでしまうだろう。唖然とした芳之の顔が思い浮かぶ。でも、芳之の考えている罪滅ぼしは、理沙子にとっては何一つ望むべきものではないのだ。

理沙子はその晩、どうしたらいいのかと何度も頭を抱えた。

3　2日前

　理沙子の都合のよい想像を裏切り、芳之は翌日になっても帰宅せず連絡の一つも寄こさなかった。昨日は今までに使ったことのない分野の脳細胞を稼働させたせいか、ベッドに入るとすぐ寝入ってしまった。還暦に近い夫が理由も言わずいなくなったのだから、一晩中眠らず帰りを待つのが妻の役目だろうと非難されようが、疲れてしまったのだから仕方がない。

　突然のことでなんだかんだと気をもんだが、まだそれほど深刻には考えていなかったのも事実だった。前代未聞の出来事だったが、大の大人がそう易々と拉致されたり迷子になったりするものかとそれほど大げさに捉えてはいなかった。しかし一日またぐと理沙子も本格的に心配になってきた。

　ケータイにかけても「おかけになった電話番号は現在……」という、どれだけの人が聞いてどれだけの人が舌打ちしたかわからないおなじみのアナウンスが流れてくるばかりだった。

一日に何度もリダイヤルボタンを押しながら、アァ、去年マシャの年末コンサートのチケットを取るのに同じようなことをしてたなぁ、とデジャヴもどきに陥っていた。それにしても、目的がまったく異なるとこうもテンションが違うものかと自分でもあきれた。そのくらいの余裕はまだ持ち合わせていた。

ケータイに出ないからと言ってそんなに大騒ぎすることはない。定年前に会社を辞めて現在は無職だと言っても、30年もの間真面目に勤めてきたのだ。仮にプチ家出で羽目を外しても、何も言わず許してやろうと、成熟した大人の女としての寛容さを失うこともなかった。

ただ、事故に遭遇したり事件に巻き込まれたりしている可能性は捨てきれないので、TVニュースや情報番組、ネットニュースはしっかりチェックしていた。少なくとも今までのところ、身元不明の水死体が東京湾に浮かんでいたとか、大きなキャリーバッグを携えた高齢の男性が新幹線の中で意識不明の重体になっているという報道はない。

鳥取の実家に電話するのももう少し待ってみよう。確定事項ではないし、もしそうでない場合、義母を心配させるだけになる。

一駅隣の吉祥寺に妹たちと同居している母親に相談してみようかと一瞬考えたが、50間近の娘が、旦那がいなくなってしまったといって電話したところで、アレしたらコレしたらと有効なアドバイスをしてくれる母親ではなかった。それどころかろくに話も聞かず、そのうち帰ってくるわよと一蹴されるに決まっている。

3年前に未亡人になってから始めたフラダンスは、今や彼女の生きがいとなっている。今電話をしても「今忙しいのよ。ジムに通おうかどうか迷ってるんだから」という答えが返ってくるはずだ。一番上に〝そんなことより〟という自分ファーストの接頭語を付ける可能性もおおいにある。

フラを踊っている時の二の腕のプルプルが気になるらしく、筋トレすればスッキリするかしらとしばらく前から悩んでいた。近々開催されるという福島での発表会だか講習会に間に合わせたいらしいが、ほとんど骨と皮だけの二の腕にどうやって筋肉をつけるのだろう。それに、高齢婦人たちが踊る集団フラを見て「お年なのにすごいわネェ」とか「まだ元気で長生きしそうよネェ」と思う人はいても、「あの人の二の腕のプルプルおかしくない?」と冷笑する人はおそらくいない。フラを教えてくれているインストラクターも、その二の腕なんとかしてきなさいとは絶対に指示してはいない。

母親が頼りにならないからといって、妹たちに話すのも考えものだ。

すぐ下の妹の理香は、出戻ってから全てのモチベーションが低下しているようで、母親の話によるとアルコールの摂取量も増えているらしい。結婚生活の3分の2は夫と折り合いの良くない状態が続き、去年ようやく見切りをつけ、離婚した。もともと直情型の人間が変則的な結婚をしたため、なかなか離婚に踏み切れず、20年の時間をロスした。完全復帰にはまだ遠かろうし、話の内容が微妙に琴線に触れるか触れないかのところなのでよしておいた方がいいだろう。

一番下の妹の由理はアラフォーを迎えた独身者だ。理香の状況を知っていたせいもあり「結婚なんて無意味」とうそぶいていたが、40を過ぎてからなぜか熱心に婚活を始めた。「一度も経験せずに結婚というものを評価するのは誤りだ」というのが表向きの理由らしい。もう少し早く気づけよと理沙子は思ったが、口には出さなかった。とにかく今一番の関心事は結婚相手を見つけることで、母親以上に他人にかまけている時間はないと思われる。

そもそも母親の血を引く三姉妹は、部分的に非常に似かよった性格をしており、3人とも一番興味のある人間は他の誰でもなく自分だ。

それにしても、未だに芳之がいなくなった理由も目的地もわからない。昨日の夜遅くには鳥取行きに収束していった理沙子の推理だったが、ここにきてそれが揺らいできた。しかし、7年経ったら死亡認定という真っ当な失踪なのか、しばらくのんびりしたら引き上げる「なんちゃって失踪」なのかもはっきりしない。なにしろ「行ってくる」なのだ。「行ってくる」の後に「捜さないでくれ」の一言でも付け足してくれていたら限りなく失踪に近い状況だと判断できるのだが、「行ってくる」だけでは捜索願を出すわけにはいかない。

たかが一日姿を消したからといって、慌てふためく必要はないだろう。そもそも失踪かどうかがわからないし、ただの骨休めのお出掛けだった場合、届けを出していたら帰宅してからが面倒だ。

しかし、万が一徘徊失踪であった場合、どこかに保護されていても身元確認できるものを持っていなければ連絡の取りようがないだろう。書き置きがあったことで意志を持っていなくなったと確信していたが、意志自体がまともなものであったのか疑わしくなってきた。その上、キャリーバッグを持って出掛けたことで正常な思考だと疑うことはなかったが、キャリーバッグ自体を認知できていなかった可能性もある。イヤ、でも、一言とはいえ、一筆残しての徘徊という話は理沙子もあまり聞いたことがなかった。

理沙子の想像は堂々巡りを始めた。

昼食のカップラーメンを機械的に食べ終えた頃には、どうして「行ってくる」しなければならなかったのかを考え始めた。もちろん正常な状態であったというのが前提での話だ。

自分に何か至らないところがあったのだろうか。引っ込み思案なところがある芳之は、何も言い出せず、一つ年上の女の子に恋をしたうぶな男子高校生のようにモジモジとしているだけで口をつぐんでいたのだろうか。

そういえば、芳之が愚痴をこぼすのをあまり聞いた覚えがない。いなくなってから気がつくことってあるんだ、と理沙子は今さらながら驚いた。

成り行きに任せようよと言う芳之と、それでもいいと考えた理沙子は子どもには恵まれなかったが、芳之はやはり子どもが欲しかったのだろうか？……まさかどこかに⁉

……と考えて、あり得ない、あり得ないと首を振る。

あるいは、どうしても看過できない何かを、知らぬ間にしでかしてしまっていたのかもしれない。夫がこっそりとコンビニで買ってきて冷蔵庫の奥に隠していた季節限定のスイーツを、内緒で食べてしまったことがあっただろうか。

自分がしでかしたかもしれないヒヤリハットが次から次へと思い浮かんだ。よくよく考えると、夫に対して確かに強圧的な物言いが多かったような気がする。しかし、理沙子にも言い分はある。暖簾に腕押しとか、糠に釘といった格言をそのまま人間にしてしまった芳之だったので、何を言っても反応が薄く、それで傷ついているとは到底思えなかったのだ。正直に言うと、多少心に傷を負うくらいの言い方をしないと、自分の主張をわかってもらえないという思いさえあった。でも、もし夫に対する分析が誤っていたら、度重なるストレスで心がズタズタになっているにもかかわらず、何も言えずに日々悶々と過ごしていたということになる。

突然姿を消さなければならなかった理由をいろいろと考えていた理沙子の脳裡に、さらなる可能性が浮かんだ。なんらかのトラウマのために生まれ、長く芳之の心の深部に巣くっていた別人格が突然表出し、勝手に自分探しの旅に出たという筋書きも完全には捨てきれないではないか。

私があぁ言っていたら……私がこうしていたら……私が、私が、と理沙子は底なしの自虐沼にズブズブとはまり込んでいった。

一日中つけっ放しにしておいたテレビからは途切れることなく音声が流れ出ていたが、理沙子の耳に届くことはなかった。

理沙子はその夜、手をつけられないままのコーヒーを前にして、帰らぬ夫を心配しながら待ち続けるというサスペンスドラマのヒロインと化していた。もちろん、虚ろな表情をしてダイニングテーブルに頬杖をつくことも忘れなかった。

4　2年前のできごと・続

理沙子が自信を持って予想した通りの日々が続いていた。

あんなに大胆に毅然として退職したのだから、本当は何か壮大な構想を抱えていて、しばしの休息の後に再始動するのではないかと、ほんのわずかでも期待していた自分がバカだった。

四半世紀も一緒に暮らしてきたのに、未だに夫の本質を見抜けていなかったのかと自分を呪った。たぶん、そういう未来に対する願望のようなものは、夫から一番遠いところにあるのだろう。

自主退職をしてからの芳之は、のんびりが板についてしまい、「のんびり」という行為の意味が理解できなくなってきていた。きっと、ナマケモノやコアラが自分のことをトロいとは認識していないのと同じだ。

平坦で無風の――よく言えば、一時流行ったスローライフを原理主義者のごとく実践していた。

会社通いをしていた時、よく寝坊もせず毎日朝早く起床していたものだと感心してしまうほどだ。今の芳之はＮＨＫの朝ドラを目指して起きるのを日課にしているが、アァ今日も間に合わなかったか、と居間に顔を出す朝もけっこうある。再放送があるから問題ないかと言って、寝ぐせのついた後ろ髪を掻きながら二度寝をしに行く。その後ろ姿は、アァ今日もこの人はこの家にいて昨日と同じ変化のない一日が始まるという虚脱感を理沙子に日々植えつけていった。

どうしようもなく息が詰まりそうになると、学生時代から長くつき合っている友人と会って愚痴をぶちまけた。あまりにも理沙子がしゃべり続けるので、息継ぎしてる？　と心配された。平均的な男子高校生とその母親との会話同様、芳之とはごく短い、それでいて必要十分な会話しかなされていなかったせいだ。

まともな会話に飢えているの、と理沙子は言い訳したが、友人たちがその正確な意味を理解してくれたかどうかは不明だ。彼女たちの芳之に対する評価は、ちょっと風変わりだがなんでも言うことをきいてくれる御しやすい夫、だったからだ。

確かに、友だちとお茶してくるからねと言うと、「ゆっくりしてきていいよ。僕も出掛けるかもしれないから」と物わかりはいい。さすがに、「一緒に行ってもいい？」とは訊かないし、「お楽しみでいいね」と嫌味を言ったりもしない。友人たちの分析は強ち間違ってはいないのだ。

しかし、芳之がどこかに出掛けた形跡はなく、狭い自分の部屋に閉じこもって何やらしていたらしい。何やらしていたならまだいいが、何もせずにいたかもしれない。もしそうなら認知症一直線だ。あの巨体を介護するなど、どう考えても無理だ。この10年ほどでかなりウエイトアップしたすぐ下の妹、理香に手伝ってもらっても歯が立たないだろう。そもそも理香が協力してくれるとは思えない。

認知症回避のためにも少しは外に連れ出して刺激を与えなければならないだろう。普段から意識レベルの低い芳之なので、認知症との境目がなかなかわかりづらく、もしかすると知らないうちにすでにその境界を越えているかもしれない。

ただたった一つだけ、芳之主導のイベントがある。結婚してから一度も欠かしたことはない。ひょっとしたら独身の頃から続けてきたのかもしれないが、尋ねてもウヤムヤな答えが返ってくるだけだった。とにかく、他のことは忘れてもこれだけは絶対に忘れたことがなかった。

年に一度の京都一泊旅行である。

もしこれを忘れてしまうようなら認知症に罹患しているのは確実で、どんな認知症試験より信頼性がある。

何事にもアクティブさを欠く芳之が、なぜかこの旅行だけは何かに憑りつかれているのではないかと心配してしまうほど真剣になる。

そして、毎回ほとんど同じような会話が繰り返された。電撃退職した年もそれは変わらなかった。

「また京都なの？」

「ダメ？　僕が一番好きな街なんだけどな。インバウンドだって一番多いんだよ。それになんてったって世界遺産も一番だよ」

この人はそんなに一番が好きだっけ？　と少々気にはなったが、脱線しそうな気がして訊かなかった。それを訊くのはまたの機会でいい。

「ネェ、毎年京都行ってるけど、その世界遺産って何か所行ったかな？　行き当たりばったりのような気もするけど」

「自分で言っといてナンだけど、世界遺産だけが京都じゃないしね。京都は深いんだよ。一か所一か所じっくり見学しなくっちゃあ。広く浅くじゃあ京都という街を理解できないよ」

京都案内の真面目なボランティアスタッフが言うようなことをサラリと言う。そうは言うものの、芳之はそれほど熱心に見学しているようには見えない。神社仏閣のパンフレットをもらっても、サッと目を通しただけでカバンに入れてしまい、たぶん読み返したりはしていない。少なくとも帰りの新幹線で引っ張り出して考察することはなく、東京に着くまで熟睡したままだ。

「それに一泊だもの、そんなに見て回れないでしょ」

「その原因はあなたにあるのよ。毎回お昼近くまで出掛けてるし」

京都に行くと、芳之は翌朝早くベッドを抜け出し、チェックアウト時間ギリギリまでかなり長い間散歩をしてくる。日頃散歩をする習慣などないのに、京都に行くと必ずだ。そのせいで、初日に観光するだけになってしまい、2日目はお土産を見ているだけで終わってしまう。

「だって自分の家の周りグルグルしてもつまらないじゃない。せっかくの京都なんだから、のんびり歩きたいよ」

「だったら私も行くわよ、起こしてくれれば」

「いつもよく寝てるから無理やり起こせないよ。アァ疲れてるんだなぁ、と思っちゃって」

「マァ、それはそうだけど……」

「旅行の一番の贅沢は何もしないでゆっくりすることだって言うじゃない」

いつも何もしないでゆっくりしている人の言うセリフではない。しかもそれはどこぞのセレブの過ごし方だ。

「僕は貧乏性なんで、ついついせっかく来たんだから、になっちゃうんだ」

「それにしても大雨でも散歩って、そこまでする?」

「ウン、雨の京都ってのもいいじゃない、風情があってさ」

風情と言えるのはしとしとと降る小糠雨か、せいぜい小雨パラパラだ。

「雨の日の方が多いでしょ、今まで。だいたい年に一度なのに秋の長雨シーズンの真っ盛りってどうしてなの？　去年なんか台風でしょ。不要不急のお出掛けはおやめくださいって天気予報で言ってたのに散歩したのよね。どうかしてるでしょ」

……不要不急じゃないもん……芳之が下を向いてゴチョゴチョ言うのが理沙子の耳にかすかに届いた。

「会社の都合でいつもそうなっちゃってたんだ。会社辞めたって恒例行事なんだから同じでいいでしょ、忘れなくてさ」

「そりゃあそうかもしれないけど……桜の時期とか紅葉シーズンとか、京都のベストシーズンていう選択はないの？」

「なかなかスケジュール合わなかったんだよね。それに、そういう時期ってどこも混んでて人を見に行くようなもんだろ。京都通はそういう時期は外すんだよね」

どこの誰が京都通なんだと理沙子は舌打ちをしそうになった。

その方が楽でしょ、という答えが返ってくるのは明白だったので、これもあえて口にしなかったが、宿泊するホテルも毎回同じだ。歴史のある旅館や立派なホテルも数多くあるのに、どういうわけか御所の西にある地味なホテルが定宿になっていた。

確かに面倒くさがりの芳之であるので納得できるのだが、散歩をするのに適切な場所とは思えない。朝の散歩をしたいのなら、哲学の道のそばとか東山の方とか、いっぱいあるだろうに。きっと、京都通はそういうありきたりの場所は選ばないのだろう。

日頃運動不足なくせに、やたら張りきって長く歩いてくるのでけっこう疲れて帰ってくる。いつだったか、ホテルのフロント係に付き添ってもらって帰ってきたことがあった。どれだけ歩けばどれだけ疲れるかという指標を持っていないせいだ。毎年たぶん同じコースを歩いているのに少しは学習しないのだろうか。1年経つと忘れてしまうのかもしれない。

そして、帰宅した後はまた1年間、散歩の〝さ〟の字も語られることはない。

世の中のなんたるかもろくに知らない学生の時に知り合い、同じ年頃の男どもに比べて落ち着いた静かな雰囲気に魅かれて若くして結婚した。半年もする頃には、その落ち着きや冷静さがただ単に日常から乖離しているだけということがわかってきた。少々どころかおおいに浮世離れしているのである。

結婚生活はバラ色である、というのが幻想にすぎないことを理沙子が知るのにさほど時間はかからなかった。夫に何かを期待するのをあきらめ始めた理沙子は、人生の目標を日々下方修正しながら生きていくことを余儀なくされた。

5　3日目

いい年をした男なんだから……と自分を納得させて眠りについたつもりだったが、どうも良質な睡眠は取れなかったらしい。カーテンを開け、朝の陽射しを浴びると、頭がクラクラとして思わず揺れる頭を両手で支えた。

最近眠れないのよと悩んでいる同世代の友人もいるが、理沙子に限っては寝つきはディズニーランドで遊んできた幼稚園児並み、寝起きは高野山の修行僧並みで、導眠剤や精神安定剤のお世話になったことはない。

夫が一日二日家に帰らないからといって右往左往するのも大人げないと理解しつつも気になって仕方がない。「行ってくる」の一言に何かただならぬ決意のようなものが見え隠れしているようにも感じられたからだ。その思いは日に日に募ってきていた。

それでもこれは毎日毎日2人で過ごしていることの弊害に違いないと理沙子は考えようとした。ちょくちょくフラッと一人旅に出掛ける風来坊のような夫だったらなんの心配もしないいし、むしろ清々した気分になるだろう。

寝不足ではっきりしない頭でスマホの電源を入れ、ネットニュースのチェックをする。大柄な60歳前後の男性の変死体発見などという今すぐ問い合わせをしないといけないような項目は見当たらない。

ノロノロとキッチンに移動し、食欲もないのにコーヒーを淹れ、トーストにマーガリンを塗る。目玉焼きはうまい具合に半熟に仕上がり、いつもの朝食がいつの間にかテーブルの上に並んでいた。毎日何も考えることなくしている作業は無意識でも行えるようだ。しかし、今朝の無意識は他のことに気を奪われての無意識だ。質が違う。

熱いコーヒーを飲み、トーストをかじり、黄身と白身を箸でより分け黄身から口に運ぶ。黄身だけ先に食べるのは理沙子のいつもの癖だ。真ん中に空洞の空いた目玉焼きを見て「面白い食べ方するね」と芳之が笑っていたのを思い出す。

何を食べているのかよくわからず、これなら花椒《ホアジャオ》たっぷりの激辛麻婆豆腐でも難なく完食できそうだと理沙子は唇をなめた。条件反射的に口に入れ、噛み、飲み込んだ。ヨーグルトまで咀嚼した。

アレ？　私は何してたんだろ、とふと気づくと、一口分のトーストが口のすぐそばでフリーズしていた。虚ろな意識を振り払うように頭をブルブルと振る。最後の一口を放り込み、冷めたコーヒーで飲み下した。そしてまた、芳之のいなくなった理由を考え始める。

出不精で引きこもり寸前のあの芳之が、急遽一人で出掛けたのには何かのっぴきならない事情があったに違いない。自分には想像のつかないような奥深い理由があるのかもしれないが、あまりにもヒントが少なすぎる、と理沙子はまたイライラとしだした。「ホラ、眼鏡をかけてるあの人だよ、わからないのぉ」と、それだけでさも個人が特定できるような言い方をされたのと変わりがない。イヤ、それ以上だ。

ダイニングテーブルの上のマグカップをジッと見つめる。飲み残したコーヒーが視野に入るが、視覚情報として脳に届いてはいなかった。

「行ってくる」の一言でいったいどうしろというのだ。捜すなというのか、待てというのか、それともあきらめろというのだろうか。

落ち着いて「行ってくる」を考察すると、やはり決然とした意志が感じられてくる。ただ家をちょっと空けるだけなら「行ってくるネ」と軽く書けばいい。その方があの人らしいし、こっちだって心配などしない。〝ネ〟が大事なんでしょ〝ネ〟が。

それに2人だけの暮らしの中にもルールってものがあるだろ。なんの理由もどこに行くかも話さず急にいなくなれば、心配するのはわかっているはずだ。まさか「行ってくる」のメモ一片で片がつくとは考えていまい。長く生活を共にしてきたのだから以心伝心で理解できるなんて非科学的な考察をしたわけでもあるまい。

自分勝手に出て行った人に、何十時間も自分の貴重な時間を費やすのはどんなものか。昨日までとは異質な思いがムクムクと湧き上がり、理沙子の脳髄を刺激しだした。もうどうでもいい、どうにでもなればいいと投げやりで少々サディスティックな感情に満たされてくる。自分は自分で妻としての最低限の務めは果たしてやる。芳之はバツの悪い思いをするだろうからと警察への届けを控えていたが、そんな気遣いはもう無用だ。たんまり嫌な思いをすればいい。

今日一日待ってなんの音沙汰もなければ、明日は堂々と胸を張って捜索願を出しに行こう。ためらうことなどない。

それに、いつまでも踏ん切りがつかずグズグズしていれば、芳之の姿を見かけないと隣近所が不審に思うかもしれない。あまり社交的ではない芳之だが、少しは貢献しないとねと言って火・金のゴミ出しは忠実に実行してくれていた。それなりに近所の人には目撃されているだろうし、顔を合わせれば挨拶の一つくらいしているに違いない。

隣近所対策はいくつかあるが、この一件が片付くまでは理沙子が当初考えたように母親の具合が悪くて鳥取に見舞いに行っていることにすればいい。ケータイなんて電話とメールの機能だけで十分だと芳之は言っていたから、SNSで自分の居所をさらすという高等技術はまず無理だ。ただ、こんなことになるなら、芳之のスマホのGPS機能をオンにしておけばよかったと理沙子は悔やんだ。

芳之の不在を隠蔽するのはそんなに困難ではないが、隣近所の実力も侮ってはいけない。世の中には懐疑的な人間というのがいて、その多くはごく普通の奥様方なのだ。根も葉もない噂を広げられる可能性もおおいにあり、ネットにでも書きこまれたらそれこそ大事《おおごと》だ。夫を撲殺して庭の片隅に埋めてしまったとか、バラバラに分解して冷蔵庫に詰め込んであるとかいったまるで身に覚えのない噂を立てられてしまうことだってある。少なくとも、たとえ今日冷蔵庫が壊れようと新しいのを買おうなどという浅はかな行動はしないことだ。庭の手入れや新しく庭木を植えるのも控えた方が無難だ。だいたい1メートル80センチ以上で100キロ超のヘビー級の大男の頭を殴るっていうのも至難の業だし、埋める穴ってどれだけ掘ればいいんだ。小分けにすると言ってもどれだけ大きな冷蔵庫が必要なのだろう。

今すぐ必要な大事な事柄をどこかへすっ飛ばし、どうやって芳之をいたぶってやろうかと考え始めた時、テーブルの上に置いてあったケータイが鳴った。現実味のあまりなさそうな妄想に浸っていたせいで反応が遅れ、着信音が四度響いたところで手に取る。てっきり芳之からの電話だと思い、確認もせずにフリックして耳に当てた。

「ナニ、どこにいるの?」

たぶん、それが一番知りたい。

「行ってくる」の目的語となる部分だ。

理沙子はすぐに答えが返ってくるものと期待したが、沈黙が流れてくる。

「答えられないところ?」

答えられなければそれでもいいのよ、とでも続くようななんとも冷淡な問いをした。やさぐれ感が続いているようだ。

「りさちゃん……よね？」

理沙子の問いに輪をかけるような冷たい声が聞こえた。予想外の相手に一瞬たじろぐ。

「誰だと思ったの？　相手確認してから出てくれる」

「……理香……なの？」

露骨にがっかり感があふれた言い方をした。「なぁんだ、あんただったの」と口に出さなかっただけまだましだった。

「悪かったわね、わ・た・し・で。まったくご挨拶だこと」

「だって今スクランブルなのよ、うちは。少しくらい気遣った言い方ってないの」

「何がなんだかわからないでしょ。久しぶりに電話したら訳わかんないこと言って。用があったのは、こっちなんだから」

吉祥寺のマンションで母親と由理と3人暮らしをしている理香だった。理香が泥沼離婚をして出戻って1年以上経つ。普段好き勝手してろくに電話もしてこないのに、たまに連絡してきたと思ったら、これだ。

「用ってなんなの？　今は大したことしてやれないわよ」

「今、どこにいると思う？」

カチンときた。夫が行方不明でどこにいるかわからないのに、それを知っていて嘲るような質問。

「あんた何か知ってるの？　知ってるんだったら白状しなさいよ」

「アーーーッ」

期待していた何かをあきらめたような失意の吐息が聞こえた。スマホ片手にうなだれる理香。

「いったいなんだっていうの。何かあったの？　理沙ちゃんの口の悪さは小さい時から知ってるけど、いくらなんでもノーマルなお姉様とは違いますわよね」

「これでノーマルでいられたら鋼《はがね》のメンタルよね」

すぐそばに誰かいても聞こえないくらいのボリュームで囁く。

「エッ、何か言った？」

「……いいから……用があってかけてきたんでしょ。早く言いなさいよ」

なにかといいちゃもんをつけて会話をぶった切ってきたのはあんたでしょ、と言いたいのを理香は我慢した。お願いするのはこっちなのだから仕方がない。

「あのね、今、病院のベッドの上。へまして足首折っちゃったのよね」

「エエッ、なに、いつ、どうして？」

普通の仲良し姉妹レベルで驚いた。

「ウン、夕べちょっと飲みすぎて足踏み外した。アルコールが効いていたせいか昨日は大して痛くなかったんだけど、今朝痛くて目が覚めた。見たらしっかり腫れ上がっててタクシーすぐ呼んで病院に直行。ギプスでもして帰れるかと思ってたら、関節のとこだから手術してリハビリもしなくちゃいけないから入院だって。ということで現状報告」

「チッ……」

「なに、今、舌打ちした、理沙ちゃん？」

「……聞こえた？　だって情けないったらないでしょ、酔っぱらって骨折なんて。あんた、もっと大変なこといっぱい乗り越えてきたんじゃないの。足ぐらい何よ。こっちは……」

理香はその続きを待ったが、姉はそれ以上言うつもりはなさそうで、かすかな吐息が聞こえてきただけだった。

「こっちは何？　途中でやめないでよ。それに入院中の妹にその言い方ないんじゃない。これでも落ち込んでるんだから」

「……マァいいわ。それで病院に来てほしいわけね。ところで、おかあさんいないの？由理だってフラフラしてんでしょ。ちょっと立て込んでんのよ、うち」

「ママは毎日カルチャー教室でスケジュールいっぱい。フラだけじゃなくてお茶と俳句と……最近ヨガも始めたみたい。自分のことは自分でしなさい、うちの掟でしょとか言うし。できないいから頼んでるのにさ。由理はいい加減やめればいいのに婚活続けてて、姉さんみたいになるのイヤだから慎重なのとか減らず口たたくし、もうどいつもこいつも」

「それで私に面倒見ろっていうの。たかが足首骨折したくらいで」

「エッ、理沙ちゃんってそんな薄情だったっけ。なんか話し方も戦闘的だしさ。大切な妹が重傷で入院したっていうのに。歩けないんだからね」

「2本のうち1本だけでしょ。工夫次第でなんとかなるじゃない。私、それどころじゃないのよ」

「それどころって私のケガのこと言ってるの？」

「他に二つも三つもあったらややこしくてやってられないでしょ。だいたい酔っぱらって足踏み外したって何よ。なに、その体たらく。里田家の面汚しよね」

「……けっこう平気で心臓ブスブス刺すわよね。それでなくても傷ついてるのに。可愛い妹が瀕死でベッドに横たわってるのに、そんな言い方ってないじゃない」

「骨折なんてひと月もすりゃあ完治でしょ。私なんか完治の予定が立たないくらいの立場に立たされてるのよ。アァ、自分のことで精いっぱい」

尋常ではない姉の様子に、理香は自分の足が通常ではないのを忘れかけた。午後に予定されている手術に向けて、固定された右足はベッド脇から伸びた固定器具に吊るされている。やはり自分はケガ人だと再認識する。

「あのさ、肉体的には助けにはならないけど、心配事あるんなら言えば」

痛み止めが効いているため、理香は少々余裕を見せてやろうと思った。

「うちの人、どっか行っちゃったのよ」

「とうとう」

「どういうこと、それ！」

「徘徊でしょ。少し早いかもしれないけどリスクはあるもんね、あの齢になれば」

「何言ってんのよ。わからないじゃない、そんなの」

「マァ、わかるけどね、そう思いたいの。でも、認知機能に問題ないならそのうち戻ってくるんじゃない。それとも思い当たる節でもあるの？　還暦間近で恋をして逃避行とか？　品行方正な結婚生活送っていた人ほど危ないらしいわよ。お義兄《にい》さんもけっこうやるもんね」

ふざけないでよ、他人事だと思って、と言い返したが、ドキリとした。そのシチュエーションは理沙子にとって想定外だった。心の奥底で、まさか、という安楽な否定があったため上昇してこなかった発想だ。そして、昨日あたりからやはりターゲットは鳥取であろうと偏執的に考えていたため、他の全てが排除されてしまった結果なのかもしれない。「行ってくる」イコール「鳥取で介護」は、あくまでも選択肢の一つであり、しかも理沙子が一番安心できるそれであった。理香がふざけ半分に指摘した「逃避行」に「行ってくる」という解答はあり得ないことではない。

あの齢で色恋にうつつを抜かすほど愚かとは思えないが、部下に強引に連れて行かれたキャバクラのオネエチャンに店外デートをおねだりされたかもしれないし、フラッと寄った飲み屋の女将から温泉旅行に誘われたのかもしれない。イヤと言わない模範的なコンシュルジュみたいな人なのだ。可能性は限りなく広がってしまう。

四国にお遍路さんに行ったのかもしれないし、ゾウのように死に場所を探しに家を出たのかもしれない。

「アアアー、そんなこと言ったらなんでもありじゃない！」

看護師がどうだの、手術がどうだのと理香が何か話しているのはどこからか聞こえてきてはいたが、理沙子はスマホを顔の前に向け、大声を出した。

「……どうしたの、ゴキブリでも出た？」

傷口に塩を塗るかのごとき発言。まったく癪に障るヤツだ。姉を姉とも思っていない。

「私の話聞いててくれた？　またいつもみたいに上の空だったんじゃないでしょうね」

「ハイハイ、聞いてましたよ。病院行けばいいんでしょ。行きますよ。それで手術っていつなの？」

「聞いてないいんじゃない！　さっき言ったでしょ。またっ。いいわ、もう。明日でいいから着替えだけでいいから持ってきて。あとはこっちでなんとかする」

「明日帰ってきたらどうしよう」

「誰？　アア、お義兄さん。ネェ、理沙ちゃん、心当たり電話してみたの？　鳥取の実家とか？」

その通りだった。最初に頭に浮かんだのは鳥取行きだったし、一時は鳥取尽くしだったではないか。心配させたくないという表向きの理由と自らの不行き届きを知られたくないと後回しにしていた。

たとえ芳之が行っていなくても、しばらくの無沙汰を詫び、こちらの近況をわずかでも語り、健康を願う一言をつけ加えればなんら不審には思われないだろう。何も高齢の母親に息子の失踪を告げ、心配させる必要もない。その上、8割近い確率だと思った鳥取行きを否定されるのは、大きな失望ではあるが、選択肢の一つが消去されるのは悪いことではない。

「理香、ありがと、もう切るね。明日行くから病院。エーと、どこだっけ？　聞いてたけど忘れたの。うるさいわね。早めに来いって。わかった、わかったって、ありがとね」

6　4日目

深夜を過ぎても芳之からはなんの連絡もなかった。

理沙子の気持ちにはおかまいなしに、今日も思わず笑ってしまいそうないい天気だ。昨日は、アンフェアな自らの立場に憤り、芳之を貶めてやると闇に身を置いた理沙子だったが、目を覚ましたとたん後悔に苛まれた。まるで気の弱いアリジゴクにでもなったような気分だった。

顎から首にかけて鈍痛に近いだるさがあり、どうも就寝中にかなり強く歯を食いしばっていたようだ。下顎を左右に動かしてストレッチする。妹の理香があまり役に立たないどころか余計な情報をもたらしたため、理沙子はますます混乱し、ストレスが強くかかったらしい。

理香のかけてきた電話を慌てて切って、すぐに芳之の実家にかけてみた。善かどうかは定かではないが、急ぐに越したことはないと素直に思ったからだ。

しかし、呼び出し音は聞こえるもののアレルギー性の鼻炎で年中鼻づまりのあるあのくぐもった声は聞こえてこなかった。トイレにでも入っていて電話に出られないのか、単に外出しているのか、それとも入院でもしたのか、なかなか判断が難しい。でも、焦ることはない。もう4日も経っているのだ。最大の選択肢としてもう少し残しておこう。

電話を切ると、やけにクールな自分に少しばかり驚いた。とりあえず、不肖の妹の面倒を見に行ってやろう。昨日の電話の様子では今までに患った大病に比べたら大したことはなさそうだが、見舞いに行ったという事実を残しておかないと後々何を言われるかわからない。

凝った首を2回大きく回すと、理沙子は洗面所に向かった。


ナースステーションで教えられた部屋のスライドドアを開けると、まぶしいほど陽が入る病室はちょっとしたホテルのスーペリアルームを思わせた。一歩踏み出そうとした足が反射的に止まり、上半身を反らして、もう一度病室番号を確認する。最近では病室の入り口に入院患者の氏名を出さない病院があるが、ここもそうらしい。聞き間違っていなければ、ここに理香はいるはずだ。

なんなの？　個室なの……と妹のふてぶてしさに驚く。スッポンのようにそっと首を伸ばすと、上半身を少し起こしてベッドの上でスマホをいじっている真剣な妹の顔が覗く。膝から下をギプスで固定され吊り下げられている。もともと肉付きのいい理香の足がまた太くなっていた。

学生時代、友人と台湾旅行した時、台北の夜市で屋台に吊るしてあった正体不明の食べ物と思しき物体を思い出した。なんだろうねアレ、と笑い合ったことさえ鮮明に思い出す。真っ白なギプスとは色彩的にまるで異なるものだったが、吊るしてあるというイメージと妹の立派な体格とが合成されて、あの時の記憶が想起されたようだ。

100パーセント理香だと確信し、キョロキョロしながらベッドサイドに近づく。理沙子の怪訝な顔に気づくと、「アッこの部屋?」と言って一瞬顔を上げただけで理香はまたスマホに顔を戻した。ゲームでもやっているのか健康な右手を器用に動かしながら、言った。

「保険だけはたんまりかけてたんだ。こういうこともあろうかと思って」

いろいろと豊かな人生経験をしているせいなのか、なかなか抜かりがない。少なくともエマージェンシーへの対応は自分より遥かに優れていると理沙子は脱帽した。

「それにしても居心地良さそうね」

ベッドサイドに置かれているコンパクトなソファーに腰かけながら、理沙子の目はまだ室内チェックを続けている。

「それで手術っていつなの?」

「……やっぱり聞いてなかったんだ。そうだと思ってた。もう終わった。昨日の午後」

「アラぁ、痛くないの? 昨日の今日で」

「痛み止め」

「なるほど。悪かったわね」

「別に期待してなかったから大丈夫よ。いつものことだもん。それに一人で生きていこうって決めてるから」

一歩間違えば姉妹の絆を断ち切るかのような意思表明を軽々とする。それならどうして電話なんかしてきたと言い返したかったが、苦難続きの妹の人生を考えると少しは大目に見てやるかと、いかにも姉らしい気持ちになった。

「アラ、期待されていないって淋しいものね」

それでも軽い皮肉は見舞ってやらないと姉としてのメンツが立たない。それに現在の自分の立場を考えれば、ここまで来たこと自体優しさにあふれている。一言言うたびにスマホに目を移し操作している態度にもイライラしてきた。

お茶の用意できないから、と理香は吊られた足を指さし、「そこの冷蔵庫にペットボトル入ってるから」と言ってまたスマホに戻った。お家の一大事が起こっている中、なんのためにここまで来たんだと理沙子は自分を疑った。いくら手負いの妹とは言え、世の理を教えなければならない。

理沙子はソファーから立ち上がり、理香が手にしていたスマホをひったくった。

「まったく女子高生じゃあるまいし。どうせユーチューブでも見てるんでしょ」

頭の軽いヤツらがアップしている動画だろうと思って画面を見ると、何やら細かい文字がびっしりと並んでいる……のは間違いないが、このサイズだと老眼鏡なしには解読できない。

「何これ？」

親指と人差し指で拡大すると「失踪」とか「警察」といった単語が確認できた。

理香は右手を伸ばし、掌を上に向けた。

「アー、暇でしょうがなかったからググってたんだけど……。足首骨折なんて検索してても医学用語ってまるでわからなくてつまらないしさ。それで『失踪人』とか『家出』とか見てたわけ。お姉様のためにと思って見てたんだけど、これがけっこう面白くてやめられなくなっちゃってさ」

「……ウッ」

理沙子は気管の途中で息を詰まらせてしまった。昨日あたりから胸の真ん中辺にピンポン玉が引っかかっている気がしている。

姉を思って調べてくれていたのかと自分の行為を悔やみ、理香の掌にこれ以上できないというくらいそっとスマホを置いた。

……ン……人の不幸を面白いだって……？

「あんた！　バカにしてんの。面白いって何よ」

最初に感動してしまったため、会話の最後の部分に気づくのにワンテンポ遅れてしまった。

理香はポカンとした顔をして理沙子を見上げる。

「アァ、それ。面白いっていってもアハハと笑うやつじゃなくて興味をひくってこと。こんな格好してても少しは理沙ちゃんの役に立とうと必死だったんだから」

理香はあまり必死さが伝わってこない顔を理沙子に向けた。この顔から察すると、やはりアハハの方ではないかと疑ってしまう。

「ところで届けは出したの？」

理香が急に現実的かつ具体的な話を振ってきたので、複雑な思いをしていた理沙子は少しばかり慌てた。

「まだ……だけど」

「まだ出してないの！」

「だって理香が変なこと言うからでしょ」

「私、何言ったっけ？」

「……逃避行とかなんとか……」

「アァ、あれ。まともに受け取ったの。けっこう純真なのね、理沙ちゃん。世間にはやたら元気な還暦オヤジがいっぱいいるけど、お義兄さんのキャラでそれはないでしょ。ない、ない」

自由な両手をワイパーのように動かし、首まで左右に振っている。手と口だけは達者なヤツだ。

自分の伴侶がモテないダサいヤツだとここまであからさまに否定されると、それはそれで面白くない。まったく癪に障る。

「早く出した方がいいよ。いなくなって何日も経つのに今まで何してたんですかって痛くない腹探られるから。それとも痛かったりして……？」

「エッ、どういう……」

「いいからそんなこと。4日間嘆き悲しんでたって言っても通らないでしょ。事件性があるなら目を剥くよ、あの人たち」

あの人たちというのは警察のことだとわかったが、事件性ってなんだ。危ない人たちとつき合いがあって拉致されたとか、芳之自身が法に触れる行為をしていて司直の手から逃れようとしたとか、それとも私自身になんらかの嫌疑がかけられる可能性があるのか。まさか、逃避行ってのも事件性に含まれてしまうのだろうか。

「……たぶん……ない……と思うけど」

「理沙ちゃんらしくないなぁ、その歯切れの悪い言い方。そんなふうに話したら、私だって怪しむよ。ひょっとしたら、この奥さんがバラシてカモフラージュのために届けを出しに来たって」

そう言って理香は上目遣いに疑惑の眼差しを向ける。

「何バカなこと言ってんのよ。だいたいなんでそんなに詳しいの。離婚して帰ってきてからサスペンスドラマばっかり見てるって母さん言ってたけど、ドラマと現実は違うでしょ」

理沙子は、4人部屋だったらさすがに自重してここまで大声を出さない……程度のボリュームのある声を出した。

「だから言ったでしょ、スマホ見てたって」

理香は、自分の姉ながら物わかりの悪い女だというのが見え見えの顔で言い返す。

「そもそも行方のわからない人って年間どれくらいいるか知ってるの？　10万人もいるのよ。行方不明っていうのか、失踪っていうのかわからないけどね。届けが出てるだけでそんなにいるんだから。独り暮らしの人はいなくなっても気がつかれないし、いなくなっても清々して届け出さない人もいるだろうから全部含めたらこんなもんじゃないわよ」

「それってスマホの情報なわけ」

「そう。ちなみに警察官の人数が全国で約30万。キャリアやら事務方含めても単純計算すると3人で一人を捜すことになるね。キャリアが人捜しするなんてあり得ないし、警官全員がそっちに関わったら犯罪者天国になっちゃうでしょ。というわけで現実問題として警察では行方不明なんて本気で扱ってくれないってこと。さっきも言ったけど、明らかに事件性がないと本気にならないから。だからって、届けを出さないでいると後々ややこしいことになることもあるからさ」

片足を吊り上げているケガ人にアーダコーダ言われてちょっとばかり面白くなかったが、なるほどと納得せざるを得ない。しかも、自分の手術の翌日に姉の陥っている状況を打開するための情報を集めているとは……殊勝といえば殊勝だ。言うことをきかない中年女だと思っていたのを謝りたい気になる。

「今日中に行った方がいいよ。私はもうなんとかなるからさ。たぶんしばらくこのままで、あとはリハビリだろうから。でも自分で捜索に行くわけにもいかないだろうから、毎日来てくれてもいいよ。役に立つから」

謝るのをやめにした。

「あんたっていったい。今までどれだけ世話してきたって思ってるの。何回入院したら気が済むのよ」

そう言ったとたん、理沙子はひどく後悔した。今回の骨折入院はさておき、それ以前の二度の入院は理香本人に責任のあるものではなく、誰にでも理不尽に襲ってくる病のせいだった。場合によっては生死に関わるものだったし、今も再発の恐怖は拭えてはいないだろう。最初は結婚生活が破綻し始めた頃だったし、二度目はかなり深刻になってきた頃なのでストレスも一因になっていたかもしれない。体中に何本ものチューブをつながれベッドに横たわっている姿は、たぶん一生忘れることはない。

「ゴメン、そんなつもりじゃ……」

「いいの。私が理沙ちゃんだったら、きっと同じこと言うから。あんな死に体の私をよく看病してくれたって、これでも感謝してるんだから。私がひねくれ者なの知ってるでしょ、つき合い長いんだからさ」

理沙子は、スマホの画面に顔を向けて話す理香を横目で見ていた。どうせスマホの内容なんて頭に入っていない。この世話のやける妹のために、またしばらく小間使いをしてやろうと理沙子は決めた。

「そう、そう。エーッと誰だっけ。出てこない、出てこない」

突然、理香が顔を上げ、何かを懸命に思い出そうとしている。妹も十分中年なので萎縮は間違いなく始まってるなと、理沙子は妙な同胞意識を感じた。

「エーッと、お義兄さんの知り合いでいたじゃない。なんていう人だか思い出せないけど占いみたいなのやる人――その人に占ってもらったら。使えるものはなんでも使わないと。百円のおみくじにだって尋ね人だか捜し人だかあるんだからさ。それよりはなんとなく頼りになるんじゃない?」

そういえば、芳之が突然会社を辞めた後、その人のアドバイスもあって退職したと告白したことがあった。その時、理沙子は、余計なことを吹き込んだ胡散臭いヤツだとひどく恨んだものだった。
昔は嫌なヤツだと思ってよくケンカしたけど、今は仲良くしてるんだと芳之は笑ってい
たが、あの芳之でも小さい頃はケンカなんてしたんだとそっちの方が気になった。
結婚して何年かたった頃、一度だけ2人で運勢をみてもらったが、芳之が宝くじの話ば
っかりするのであきれてしまい、肝心の運勢がどうだったのか覚えていない。テレビドラ
マに出てくるようないかにもなハッタリ占い師ではなく、ジャケットを羽織ったごく普通
の男の人だったので印象が薄い。真っ白い装束を着て長いお祓い俸を振り回してくれてれ
ば、少しは印象に残ったはずだ。
名前は……思い出せない。家に帰ったら、芳之宛ての年賀状のストックを調べてみよう。
理香の言うことが正しければ、警察はアテにならないということになる。だとすると、
手あたり次第、それこそ神にでも仏にでも縋るしかない。あの時は信じる気にはならなか
ったけど、とにかく連絡してみよう。芳之の数少ない友人の一人なのだから、ひょっとす
ると何か芳之の秘密を知っているかもしれない。
それにしても、超現実的な妹がこんな話を持ち出してくるなんて、ケガをして弱気にな
っているのだろうか。運勢をみてもらってきたという話をした時、バッカじゃないの理沙
ちゃん、と思いっきりバカにされたのは今でも忘れられない。マァ、あの時から山あり谷
ありの人生を送ってきたのだから少しは丸まってきたのだろう。少なくとも、体の方は明

らかに丸まってきている。

「そうだねぇー、確かに。帰ったら当たってみるわ。ありがと、理香」

「それより先になんといっても届けだね。もういいよ、私は大丈夫だから。遅いと疑われるからね」

「ウン、わかった。このまま行っちゃうから」

バッグを手にして慌てて病室を出て行こうとした小間使い理沙子の背に、なんの屈託もない妹の声がかかった。

「アアッと、理沙ちゃん、帰る前に1階の売店でプリン二つ買ってそこの冷蔵庫入れといて。私今から昼寝するから」


電車に乗って2駅ほどの間、理沙子はずっと考えていた。警察といっても特にお世話になったことはなく、運転免許の更新に行くくらいのものだった。

駅のそばにある交番で事足りるのであれば気軽に寄れそうだが、道を訊いたり落とし物を届けたりするわけではないので、刑事ドラマでよく聞く〝しょかつ〟に出向いた方がいいだろう。たぶんその方が深刻さの度合いが増す。

今日出頭（と言っていいのだろうか）しなくても、芳之が戻ってこないなら近日中には否応なく足を向けなければならない。すぐにでも行くようなことを理香には言ったが、理沙子はまだほんの少し躊躇していた。

行きたくないレベルは歯医者と同等で、「どうしてこんなに悪くなるまでほったらかしにしておいたのですか」が、「どうして早く届けを出しに来なかったのですか」になるだけだ。

そういえば、この3日間、自分は家に閉じこもり待ち続けただけで、自らなんの行動も起こそうとしなかった。昨日も「ただいまー」の魅惑的な響きを一日待ち続けた。できるだけ平常心でいつもの家事をこなせば、きっとそれが聞こえてくると。

事故や事件の報道を漁っていただけで事を起こす術を放棄していた。というより、そこまで考えが回らなかったとも言える。

理香がそうしていたように、家族の行方がわからなくなった時の対処法は〝行方不明〟の一言を検索すれば、端末は浴びるような情報を与えてくれていたはずだ。ついでに、〝行ってくる〟も検索ワードに入れてもよかった。

第一にどうすればいいのか。警察への届けはどのくらい待ってからがいいのか。届けに必要なものは何か。どこかの誰かがきっと教えてくれていた。もし早い時期に検索していたら、人探しのプロの広告もたくさん目にしていただろう。

日頃からあまり検索機能を利用していなかった理沙子だったので、打てば響くにはならなかった。この辺が理沙子の年代の限界なのだろうか。それとも理沙子個人の資質の問題なのだろうか。

アァ、この3日間私は何をしていたんだ……。大事な時間を漫然と過ごしてしまったことに気づいた理沙子は両手の拳《こぶし》を口もとに当て、アァ、あたしは、あたしは……と震え声を出した後、

「れ、れ、れ、れ、冷凍……マグロだったんかァー」

と叫んだ。


駅から自宅への道を、理沙子は早歩きで進んだ。途中の商店街でなじみの八百屋のお兄さんに声をかけられたが、右手を軽く振ってやり過ごした。あの態度は怪しまれはしなかっただろうかと玄関の鍵を開けながら考えたが、後で何か訊かれたらトイレに行きたくて急いでいたんだとでも耳打ちすれば、笑ってキュウリの1本もおまけしてくれるだろう。

理香の所望したプリンを買って病室を出る時は一刻も早く警察に直行しようと思ったが、やはり一呼吸おいて気持ちを落ち着けてからの方が間違いなさそうだと考え直した。

ダイニングの椅子に腰かけ、理沙子は届けに必要な知識をスマホで漁った。

やはり不明者の写真はあるに越したことはないらしい。写真を持たずに手続きに出向けば、「コイツ本気じゃないな」と思われてしまうに決まっている。どうせなら芳之が一番いい男に写っているものを選ぼう。何事も見た目が肝心だ。

「早く見つけてくれ！」と訴えている目力のあるものがいいのだが、そんな写真あったろうか。おそらくない。こんな状況になるなんて夢にも思わなかったし、芳之にそんな目力を望むのは端から無理だ。自分にパソコンのスキルがあるなら目もとや口もとをバッチリ加工するのに、と理沙子は悔やんだ。

写真1枚でも一分の隙もないようにすれば、自分の本気度が伝わるだろうと理沙子は考えたのだ。

何がなんでも、まず芳之の写真を探し出さなくてはならない。本人を捜す前に写真を捜すのかと理沙子はひとりクスリと笑った。

2人とも写真を撮るという趣味は特にないのであまり多くはないが、去年の恒例京都旅行の時の写真がどこかにあるはずだ。芳之がパソコンに取り込んでいるのだろうが、理沙子はパスワードを知らない。探せばプリントアウトしたものがあるかもしれないと、芳之が呼ぶところの書斎に向かった。

芳之が無事戻ってきたら、次に起こるかもしれない「もしも」のために何パターンかの顔写真を撮っておこうと考えながらドアを開ける。

北側の壁に60センチ四方のはめ殺しの曇りガラス窓が一つあるだけなので、天気が良くても薄暗い。普段考えたことはなかったが、家を建てた当初から芳之の言う書斎を目的としていたものかどうか、疑わしい気がする。このサイズ感といい、この採光といい、物置か道具部屋と言った方がしっくりくる。今どき中学の部活部屋でもこれより開放感がある。それに入り口の壁に電気スイッチがないのも、かなり時代遅れな気がする。薄明かりを頼りに部屋の中央に吊るされた電灯のひもを捜す。

芳之は、早期退職した後はこの小部屋にこもる時間が増えていた。四六時中顔を合わせなくてもいいのは理沙子にとって好都合だったが、いったいこの小部屋で何をしていたんだろう。小さな机と椅子が置いてあるだけでソファーの一つもない。床に横になるにしても、薄いカーペットが1枚敷いてあるだけなので1時間もせずに腰が痛くなってしまいそうだ。

この家自体、結婚の1年前に芳之の古くからの友人に格安で譲り受けたものらしい。水回りや居間を最低限のリフォームはしたようだが、理沙子がこの家にやってきた時の間取りは今とほぼ変わりない。その頃はこの部屋のドアには鍵がかかっていたが、家庭内での勢力関係が変化するうちに、掃除の時以外立ち入らない、物に触らない、必要以上に長居しない、という条件下で解錠された。

このルールを破ることにはなるが、今はスクランブル状態なので破棄してもやむを得ないだろう。この家宅捜索には十分に正当性がある。

電灯のひもを引くと明るくはなったが、もっとワット数のあるものにしてもいいのではないかと毎度思う。以前そのことを指摘した時、薄明かりくらいが精神的に落ち着くんだ、と芳之は意に介さなかった。その時はなるほどと納得したが、物探しをするのにはかなり不向きだ。

　側面の壁には幅1・5メートルぐらいの作りつけの書棚があり、半分ほど本が並んでいる。目立つのはやはり天体の写真集だ。蔵書の量からいっても書斎とは言いがたいが、本人が「僕の書斎」と呼んで満足しているので今さら否定するつもりはない。

　その書棚の隣には、前々から理沙子が唯一価値がありそうだと踏んでいる年代物の物入れが置いてある。高さが1メートルちょっと、幅は1メートルにも満たない小さなものだが、骨董品だから触らないで、と芳之からも釘を刺されている。

　茶褐色のそれは、芳之がきちんと手入れをしているのか、永平寺の雲水たちが毎日磨いている廊下のような鈍い光を放っている。

　四つの引き出しがついていて、その四隅には見たこともないような模様の飾り細工がされており、黒光りする金属の取っ手にも複雑な細工がなされている。

　引き出しの中央には鍵穴があり、その周囲の金具はおしゃれな星型になっている。今まで芳之の意向を忠実に守っていた理沙子だったが、こういうところにこそ失踪のヒントが隠されているかもと思い、開けてみようとした。カタカタとはいうものの、四つ全てが施錠されていた。よほど見られたくない何かが入っているのだ。防犯というより入室する可能性のある人物——つまり私——に対する防御としか考えられない。個人で楽しむDVD

とか危ない趣味の道具とかではないだろうな、と本来の目的とはかけ離れた心配をした。

その物入れの上部の壁にはＡ１サイズの大きなポスターが２枚貼ってある。月と星図のポスターだ。プラネタリウムにはもう連れて行ってくれないが、今でも天体には興味があるらしい。

何年か前に、いいのが来るんだ、と宅配を心待ちにしていたことがあった。アマゾンから届いたのは長めの筒状の宅配便で、芳之は嬉々として自分の書斎に持っていった。ほどなくして掃除に入った時、２枚のポスターが並んで貼ってあり、なんと薄暗い中でピカピカと星が光っていた。この薄暗い部屋で眺めながら、ひとり悦に入っていたに違いない。無趣味な夫が唯一継続して興味を持っているのだから、なんの役にも立たないなんて言わずにこれからも見守っていってやろうと理沙子は変則的な母性本能を発揮した。

しかし、どんなに思いやろうと芳之自身が戻って来なければなんの意味もない。とにかく写真だ。

書棚の反対側の壁際に置いてある小さな机の上に、２人で撮った写真がフレームに入れて置いてあるのは前から気がついていた。飾り物や置物をあまり好まない人なのに、よっぽど気に入っているのかと思っていた。

その写真が見当たらない。机の上には小さなスタンドライトとパソコンがあるだけだ。どういう理由かわからないが、キャリーバッグに入れたということはないだろう。仕方がないので、その机の鍵付きではない引き出しを開けてみた。ボールペンやらメモ帳やらの文具類がいくつか入っているが、大して使用しているようには見えない。もちろん写真は1枚も入っていない。

書棚のどこかに紛れ込んでいないかと何冊か本を引っ張り出して捲ってみたが、埃が舞うだけでメモ1枚見当たらない。夫婦の写真を本の間に挟んでおくなどという昔の恋人たちのようなことはしていないだろうから、いちいち捜すのはやめにした。

なんの収穫も得られないまま芳之の書斎の捜索は終わった。ドアを後ろ手に閉めながら次にどうするかを考える。とにかく古かろうが写りが悪かろうが手持ちの写真を持って警察に行き、次に芳之の友人に連絡してみよう。もう一度鳥取の実家に電話するのも忘れてはならない。

理沙子は自分が少しずつ冷凍マグロから脱却していっているのを実感していた。

「それでしたら生安ですね」

所轄の警察署の玄関先にいた女性警察官に、行方不明者の届けを出したいのですがと尋ねると、顔色の一つも変えず、わずかに笑みを浮かべてそう答えた。少しは同情的な表情を浮かべて「ご心配ですねぇ」の一言もあるのかと想像していた理沙子は、少しばかり拍子抜けした。デパートの入り口のブースにいるインフォメーションレディーとあまり大差のない答え方だ。使っている化粧品の質と量が違うくらいの差でしかない。

「……せいあん……？」

理沙子がたどたどしくリピートすると、

「アァ、すみません。生活安全課です。2階に上がっていただき左手の奥の方になります」

警察署の中を左手で指し示し、また柔らかい笑顔を見せる。やはり2階の婦人服売り場を教えているようだ。市民には丁寧に対応しろと指導されているのか、なかなか如才ない。

理沙子も口もとだけの笑顔で小さく礼をし、中に入った。

理沙子の頭の中には〝デカ部屋〟とか〝取調室〟といったテレビドラマのシーンが浮かんでいた。この建物のどこかできっと刑事たちが怒鳴り合い、容疑者にカツ丼を勧めているに違いない。

1階の様子は制服を着た職員が多いというだけで区役所と大差ないと感じたが、さすがに2階となると雰囲気が違うのだろうと階段を上る足取りも重くなった。目つきの鋭いくたびれたスーツを着た男が、突然、奥さんどうしましたと声をかけてきそうだった。自分がここに来たのは凶悪犯罪や反社会的勢力とは関わりのない一件であると思い込もうとしていたが、100パーセントそうではないと言い切る自信もなかった。

理沙子が心配していた2階の様子は、1階のようなザワザワ感は少なく整然としていた。笑顔の似合う女性警察官が教えてくれた通り〝生活安全課〟はすぐに見つかった。天井からぶら下がっている生活安全課のグリーンのプレートを見ると、アァ、ネットに出てたじゃない、と一気に緊張感が緩んだ。頭に入れていたつもりでも実際にその字を見るまで意識の上に浮かんではこなかった。

そのプレートの下に立つと、すぐ正面にいた若い警察官が顔を上げニッコリした。また笑顔だ。一度緩んだ緊張感がぶり返してくる。

「どうしましたか？」

若い警察官は、理沙子のかかりつけの内科のドクターと同じ声かけをした。イイエ、風邪はひいていません、と答えそうになるのをやめる程度の冷静さを理沙子はまだ持ち合わせていた。

一瞬詰まってしまった理沙子を見て、警察官は緊張感を和らげようとまた市民サービスを試みた。

「アァ、すみません、生活安全課の宇田といいます」と言って、胸につけてある小さなネームプレートを指さす。

「ハ、ハイ。実は夫がいなくなってしまって……」

最低限の意思疎通を図れる情報を理沙子は提供した。あとは向こうからのパスを待てばいい。

「ハイ、行方がわからないということですね。それではいくつかお聞きしますので、そちらにおかけください」

詳しくではなく、いくつかなのかな、と理沙子は少し物足りなさを感じたが、警察には警察のやり方があるのだろうと素直に腰かけた。

「何かご自身を証明できるものはありますか？」と問われ、あわててバッグの中をかき回し、運転免許証を取り出した。これがなかったら受け付けてもらえなかったのかと胸をなでおろす。

「ハイ、ＯＫです。では、これに必要事項を書き入れてください」と言って、宇田という若い警官はＡ４サイズの紙を差し出した。どうも区役所のイメージが抜けきれない。

これでいいですかと言って紙を戻しながら、イヨイヨ供述しないといけないと身構えた。

「朝起きたらご主人がいなかった。連絡もなく４日……ですか」

宇田は左手を頬に当てて考え込んだ。

やっぱり〝４日目〟に引っかかっているのか、と理沙子はオドオドしだす。

「イエ、何もしないで手をこまねいていたわけではないんです。あっちこっち思い当たるところに電話したり、夜な夜な悩んでもいたんです。けっして冷凍マグロだったわけではありません」と、半分以上嘘を交えて早口で説得を試みた。冷凍マグロから脱却したのは少くともほんの数時間前だ。

理沙子の弁明をポカンとした顔をして聞いていた宇田は、マグロはさておき心配しながら夫の帰りを待っていたんだな、と優しい気持ちになる。

「そうですよね、ご心配ですよね。ところで何か手がかりになることはありませんか。たとえば置き手紙とか……」

理沙子は迷った。

あれを手紙と言っていいのだろうか。

「置きメモはあったのですが……」

できるだけ的確な答えをしようとした。

「置きメモ……？」

ずっと書類に目を落とし何かを書き込んでいた宇田が顔を上げた。怪訝そうな目を理沙子に向ける。

緊張していて気づかなかったが、なかなか可愛い顔をしているな、と理沙子は的外れな気分になる。

「今、それ、お持ちですか？」

理沙子は焦った。

不肖の妹の見舞いに行かなければならなかった上、最大限の情報を提供しなければと知らず知らずのうちにパニックになっていたようだ。芳之の写真を探し出すのに躍起になっていたり、参考になるかとこれまでに2人で出掛けた場所を思い出したり、果てはもしもの時のDNA鑑定に必要かとヘアブラシを見つけたりしていたので、最大の手がかりになるかもしれないあのメモが記憶から抜け落ちていた。

あの日の翌朝、おとなしくなったあの紙片を客間の片隅に祀ってある小さな神棚にのせた。芳之がジャンボ宝くじを置いている隣になんとなくのせたのだ。理沙子は気が向いた時しか手を合わせないが芳之は毎日必ずお参りするので、芳之発見の一助にでもなるかと思ったのかもしれない。ただ、その理由は後付けにすぎない。

「神様に……」

神棚と言おうとした理沙子だったが、神棚に置いたという具体的な返答は不要だろうか、あるいは「それはこちらで判断します」と言われるかもしれないから言っておいた方がいいかと悩んでいるうちに神様が降りてきてしまった。

「神様……？」

夫がいなくなって4日の間、この奥さんは神頼みをしていたのだろうかと思われても仕方がない。

「イ、イェ、忘れてしまって。ゴメンナサイ」

市民に愛される警察を謳っていなかったら舌打ちの一つじゃ済まないぞという顔をして、宇田は上目遣いで睨んだ。

「それで何が書いてあったのですか、その置きメモ？　に」

言葉遣いは丁寧だったが投げやりな感じが少しした。

「エッ、ハイ。一言ですけど……『行ってくる』って」

「行ってくる？　ワンセンテンスか」

宇田が首を傾げて考えるさまはもっと母性本能をくすぐり、こんな息子いたらよかったなぁと理沙子はもっと的を外した。

「他に何か書いてありませんでした？　記号とかイラストとか」

「ウ、ウン。それだけなの」

理沙子は無意識に前のめりになり、ため口になった。

それにしても、書き置きにイラストを描いたり矢印や○×を書いたりするだろうか。「行ってくる」だけでもよくわからないのに、そんなのがくっついていたらますますわからないのではないか。クイズマニアか、横溝ファンくらいしかそんなことしないのではと理沙子は思った。

「そうですか。でもなんらかの危ない関係で失踪したのではなさそうですね」

「どうして？」

少し安堵した宇田の顔を見て理沙子はまたため口で訊いた。

「だってヤバイ連中に追われていたら、『行ってくる』じゃなくて『逃げるしかない』だもん」

そう言ってから宇田は顔の周りで手をヒラヒラさせながら何やら慌てた。理沙子はなるほどと納得する以上に、強烈な親近感を覚える。

髪をかき上げ体勢を立て直した宇田は、何がそうなのかわからないが「そうですか」と一言つけ加えた後、「ではご主人の写真をお持ちでしたら見せていただけますか？」と催促した。宇田はひょっとしたらまた神様に捧げてしまったかもしれないと、半分は期待していなかった。

そらきた……と理沙子は急いでバッグの中から芳之の写真を引っ張り出す。キッチンの引き出しの一番下に潜り込んでいたものだ。ベストショットではないが参考にはなるだろう。

写真を受け取った宇田の視線は、その写真と理沙子の顔を何度か行き来した。

「ご主人、もう還暦に近かったですよね。お若いですねぇ」

宇田は写真を見ながらチロチロと疑いの目を向ける。最後の〝ねぇ〟も通常のイントネーションではなく何やら勘繰っているような発声をした。

「この写真いつ頃のものですか？」

「ハァ……15、16年？　イヤもっと前……かな？」

どうしてそんなに古い……と言おうとして宇田は、ひょっとしてひどく写真嫌いの旦那さんで最近撮ったものはなく、この奥さんは昔撮った大事な一枚を持って来たのかもしれないと市民に優しい警察官の発想をした。

そして、「新しいものはなかったのですね」と思いやりにあふれた訊き方をした。

「イイエ、去年撮ったのがあったけど、両方とも笑顔で写真としては私とっても好きなんだけど、あの人らしくないのよね。笑った顔なんてめったに見せたことがないから参考にならないかなって思っちゃって」

「新しい方がよかったですね」と宇田は余計なことをして、という表情をにじませながら机の角に写真をペタペタした。

「だって新聞やテレビにでる犯人の顔写真って30代でも高校の制服着てるの多いでしょ。あれだってずいぶん経ってるよね」

「あれはメディアがなんとしてでも犯人の顔写真を載せたいのに見つからない時の苦肉の策ですよ」

「アラ、私だって苦渋の選択だったのよ」

論理の展開がよくわからないが、理沙子は少しばかり誇らしげな言い方をした。警察署にいるのだという現実を忘れ、バーチャル息子と会話を楽しんでいるという完全なリラックスモードに入ってしまっていた。

一方宇田は、ああ言えばこう言うおばさんだ、いったい何しにきたんだという至極真っ当な苛立ちの中にいた。それでも署長のモットーである〝市民のために〟のスローガンが言葉を荒らげるのを抑制していた。

その代わりに、もうこの辺でいいだろうと示唆するつもりで宇田は言った。

「大変な思いをしているのだというのは十分伝わりました。ではこの写真はお預かりしていいのですね」

そのために持ってきたのよ、家中をあちこち捜して……という気持ちを込め、理沙子は大きく目を見開き、大きく肯いた。

……ですが、と宇田は言いにくそうに理沙子から視線を外した。理沙子は何か不始末をしでかしてしまったのかと彼の視線を追ったが、「事件性はなさそうですね」と憐れむような調子の言葉が返ってきただけだった。警察を頼みの綱にして来た人に対して、ここでは対応できかねますよ、と軽々にお断りしてしまうのは市民のための優しい警察ではなくなってしまうので今までおつき合いをしていたんですよ奥さん、という意図がありありと窺えた。

小首を傾げた理沙子に、諭すように語りかけた。

「行ってくる、という意思がはっきりしてますからね。書類は作っておきますので失踪人の統計には役立ちますが、実際にはどこまでお役に立てるかどうか……」

たぶん無理ですねを聞こえるか聞こえないかの絶妙な音量でトーンダウンした。何度も言い慣れているのだろう。優しく上手な消え入り方だ。きっと恋人との別れ話の時も応用しているのだろう。

それじゃあ警察は力になってくれないんですか、捜索はしてもらえないんですかと興奮して訴えてくるのがこの先のパターンだ、と宇田は待ち構えた。その時にはいつも「我々は日夜悪と闘っているのです」というかなり強引な殺し文句で黙らせるようにしていた。

ところが目の前にいるやけに馴れ馴れしいおばさんは、清々としたなんとも涼しげな表情を浮かべていた。まるで憑き物が落ちたような顔だ。妙な安心感が漂っている。普通、ああ言ったら失望で顔が歪み、時には絶望のあまり泣き叫んだり失神したりする人もいるというのに。

この人は夫に何があったとしても覚悟を決めているのだろうか、それとも同じ要件で何度もここを訪れていて慣れっこになってしまっているのだろうかと思いを巡らせた。

「それじゃあよろしくお願いね。届けはしっかり出しましたからね」

そう念を押して理沙子は、宇田の肩をポンとたたき立ち上がった。なかなか軽快な動きだ。

もう少しこのイケメンとしゃべりたかったなという心残りはあったが、あまり饒舌だと変に疑われる可能性がある。なんといっても届けを出しに来た第一の目的は容疑者から除外してもらうことにあったからだ。理香に脅されてからそれだけを考えてきた。

家宅捜索されたり、庭を掘り返されてはたまらない。痛くない腹は探ってほしくなかった。最低限行方不明者届けを出したという既成事実が欲しかったのだ。

来た時の緊張感とは裏腹のやり終えた感に包まれて、理沙子は警察署を後にした。ご機嫌すぎて庁舎を振り返って敬礼までした。


意気揚々と帰路についたものの、家に近づく頃にはなんの解決もしていないことに気がついて、理沙子は愕然とした。警察だ、届け出だと理香に言われ続けたので、それが片付いたら全てが終わったかのような気分になってしまった。その上、イケメンのバーチャル息子との会話にうつつを抜かしたせいで事の本質を見失っていた。解決していかなければならない事柄のたった一つをクリアしただけの話だ。それも自己保身のためにすぎず前進したとはお世辞にも言えない。

理沙子を包み込んだ達成感は次に為すべき行動を忘れさせるのには十分だった。しなければならない必要事項をただ漠然と思い描いていただけだったので余計そうだった。

玄関先にしゃがみ込み、そうすれば思い出すに違いないとでもいうように両手で頭を抱え、髪をかきむしった。

「どうしました、奥さん」

突然声をかけられたため理沙子は混乱し、振り返りざまに「エエ、大丈夫です。届けはちゃんと出してきましたから」と本人だけが理解している返事をした。未だに行方不明者届けの呪縛から抜けきっていない。

「エッ、なんですと……?」

「アアッ、古川さん、どうも」

ようやく我に返った理沙子は、そこに立っているのが白髪で長身のお隣さんであることを認識した。少しばかり難聴であるのも幸いして、理沙子の返事に疑念を抱くことはなかったようだ。

「イヤァ、具合が悪いのか、何かご祈祷でもしているのかと思ったものでつい……なんでもなければいいのですよ。お邪魔しました」

80近くになる隣人は、子どものような笑顔で軽く手を上げた。夫婦ともに少しばかりおせっかいなところはあるが、気のいい人たちだ。

フーッと大きく息を吐くと、理沙子はトートバッグから鍵を出そうとしてふと何かに思い当たった。お隣の古川さんが言っていた。具合が悪い……その後、なんだっけ……そう、ごきとう…。アァ、そうだ、あの人。あのエクソシスト、じゃなかった、占い師だかお祓い師だか、あまり名刺の肩書には使えないような仕事をしている芳之の友人。

理香にも言われていたことをようやく思い出した。あのイケメン警官との話はかなりはっきり覚えているのに、半日前に妹と話した内容がスッポリ抜け落ちてしまっていた。

半年前に受けた脳ドックの結果では大脳の萎縮は認められないという判定を受けたのに、

短期間のうちに萎縮してしまったのだろうか。芳之がいなくなったというストレスが、急速に萎縮を進めたのか。理沙子は、自分の大脳がゴミムシのような不気味な虫に喰われてところどころ欠損しているCT画像を思い浮かべた。

反射的に両方の掌で二度頬を打つと、理沙子はその映像を頭から振り払った。自分に失望している場合ではないと気を取り直し、家に入ると早速芳之の友人の連絡先を当たり始めた。事が解決したら、もう一度脳ドックを受けてみればいい。

芳之と訪れたのはかなり昔で、しかもたった一度だけだったので、その友人の名前もどこに住んでいるかも覚えていない。ついさっきの出来事も忘れてしまっているのだから当然といえば当然だ。

かすかな記憶だが、理沙子が行くのを渋った時「お隣の県だし、そんなに遠くないからさ」と芳之はそう言ったのではなかったか。それならばと一緒に出掛けたが、理沙子の距離計ではそこは〝そんなに遠くない〟ところではなかった。

学生時代に岩手の友人の実家に遊びに行った時、「歩いてすぐのところに秘湯があるから行ってみよう」と誘われ山道を1時間も歩いた時のことが思い出されて、芳之の友人宅に着いた時には一人で笑ってしまった。最近物忘れが多くなったが、大して重要でないことはよく覚えているものだ。

最寄りの駅だというところで電車を降り、タクシーでずいぶん山深くまで進んだ。本当に最寄りの駅かと疑ったものだ。

何か特別な事情があってこんな何もないところに住んでいるのかと車の中で芳之に訊くと、「ウーン、詳しいことはよくわからないけど自分磨きだとか言ってた。そんなの気持ち次第でどうでもできるのにね。形から入っていくヤツなんだね、きっと」と苦笑していた。

今もあそこに住んでいるのなら、山の中ではあるが距離的には十分日帰りできる範囲だ。当時よりインフラも整備されているかもしれない。

まずは電話をしてみようと理沙子は思った。芳之のアドレス帳でも見つかればいいのだが、アドレス帳が必要なほど友人は多くないはずだから期待薄だ。年賀状は来ていたようなので、それに書いてはないだろうか。

芳之の部屋の前に立ち、緊急事態だからね、と許しを乞う。数時間前に入室した時にはパニクッていたため礼を欠いていた。理沙子には倉庫にしか見えないが、芳之にとっては聖域に近い部屋に無造作に入ってしまった。夫婦といえども急用であろうともリスペクトは必要だ。

可能性が高いのは郵便物のたぐいだが、芳之宛てのそれはＤＭが時々迷い込んで来るだけでほとんど見たことがない。仮に誰かとやり取りをしていてもケータイでなのだろう。やはり毎年何通か届いている年賀状を探そうと決めた。

再び芳之の書斎に入った理沙子はピカピカ光る壁の星座を見ながら、写真も見つからなかったのに果たして年賀状が見つかるだろうかと危惧した。ガランとしたシンプルな部屋なので捜すといってもやはり書棚か小机くらいしか思い当たらない。

まさかあのポスターの裏に貼ってあるとか、書棚と壁の隙間に突っ込んであるとかは考えられない。ましてや床の下に秘密のスペースがあり、開かずの物入れの中にそこを開けるスイッチがあるとか……床下収納は台所だけにしておいてもらいたい。

だいたい年賀状ごときでそんな秘密の場所を設けて隠さなければならないということはないだろう。そもそも極秘ミッションを年賀状でやりとりするなど聞いたことがない。

理沙子は、あれやこれや考えているより行動することにした。まずは書棚からいってみようか。机の引き出しはあまりにも単純すぎてつまらないし、見つかる可能性も低い。

写真を探した時よりも丁寧に1冊ずつ手に取りパラパラとめくりながら確認していく。何も知らない他人が見たら、夫の居ぬ間にヘソクリを見つけようとしている卑しい妻のように見えるかもしれないと思ったが、「私はそんな女ではない」と呪文のように繰り返しながら作業を続けた。

当初の予想通り、本の間には何やら数枚のメモが挟んであっただけでハガキのたぐいは見つからなかった。本の数は多くはないとはいえパラパラ作業は神経を使い、知らぬ間にもれているつぶやきのせいで口まで乾いた。理沙子はテレビの健康番組で見た唾液を出すマッサージを思い出し、顎の下に指を当て、モミモミした。

さて、と気分を切り替え、部屋の中を見回す。変わりようのないシンプルさ——例の物入れが開かない限り探す場所はもうあの小机しかない。でもそこは捜したしなぁ、と理沙子は左奥歯が痛むかのように顎に手を当てた。

ダメもとでいいからと上段の引き出しを開けた。さっきと何も変わっていない。むしろ変化していたらコワい。下段にはファイルのたぐいが入っていた。あるとしたらここか、と引いてみると何か抵抗がある。ガタガタと引き出しを揺すりながら引っ張ると、折れ曲がった紙片が数枚引っかかっている。

理沙子は破れないようにそっと引き出した。

「アイガディド！」

ネイティブがするようななんとも正確な発音で喜びを表現した。

おそらく、最初に開けた時は慌てていて、がさつな開け方をしたのでどこかに引っかかってしまっていたのだろう。人も物も優しく扱わなければならない。

小机の上でシワシワになったハガキを伸ばす。宛名面には確かに芳之の名前が書かれているが、よくこれで配達できたものだと感心してしまうような文字が並んでいる。ミミズがのたくったようなという表現そのものだ。達筆な芳之とはえらく違う。郵便局には文字アナリストでも常駐しているのだろうか。

小さめに書いてある差出人のたぶん住所を確認しようとしたが判読できない。神奈川だか埼玉だという記憶があったが、形態的にはどうも違うようだ。

消印は〝神戸〟。一か所の擦れもなく美しくくっきりと押されている。理沙子は目を疑った。誰か……他の誰かからの便りなのか……。

裏返してみた。

『転居しました。お近くにお越しの際はぜひお寄りください』とクリアな文字がプリントアウトされていて、その後に、例のミミズ文字が横書きで続いている。ああ、これは年賀状ではなく転居の知らせかとようやく気がついた。そうか、〝そんなに遠くないところ〟から引っ越したのかと納得した。おそらく例の友人からのものに間違いない。

よく見ると、このハガキの周囲は小さな星マーク——一筆書きにした六角形の星型——で囲まれていて、なかなかポップだ。しかしこれが芳之と同年代の男がやるようなことなのだろうか。タレントや歌手が名前に○や♡をつけるのと同じノリなのか。

それにしても……と目を凝らすと、端っこに数字のようなものが並んでいる。途中に2か所ハイフンが確認できるので電話番号しか思い浮かばない。数字も難解だが、他の字より判読しやすい。内容よりもこれが知りたかったのだ。ミミズ文字は後で理香に解読させればいい。クロスワードやナンクロをやるより暇つぶしにはなるだろう。

芳之の部屋を出て、居間の電話に向かう。遅い時間になってしまったが、豆腐屋やパン屋ではないから謝れば許してもらえるだろう。

目を細めて番号をプッシュする。3度コールした後、「ただ今電話に出ることができません。メッセージをどうぞ」という声が聞こえてきた。外出しているのか、出るのが嫌なのか、寝てしまっているのか。少し落胆したが、判読が誤ってない限り神戸であるのは間違いないだろう。後で市外局番を確認してみれば確定だ。明日の朝、もう一度かけ直してみてもいい。

仮に電話連絡が取れなくても、鳥取には捜索に行くつもりだ。鳥取と神戸はそんなに離れていない。無駄足になっても神戸に寄ってからにしよう。ここで待っていてもなんの解決にもならないし、警察のあのイケメンだってあまり力になれないと言っていた。やはり捜索に出掛けようと理沙子は改めて決意した。

明日は、生意気な口を利きながらもいろいろと骨を折ってくれた……アラ本当に折れちゃってるのねと理沙子は鼻で笑い、もう少し理香の面倒を見て姉のありがたさを思い知らせてやろうと目論んだ。

長い一日だった。その濃度は、過去3日間を合計したそれに匹敵するほどだった。そういえば夕食も食べていない。最近の冷凍技術はすごいねぇと芳之が感心していた冷凍おにぎりでも解凍して食べよう。

寝る前に理沙子は3日間飲み忘れていたサプリメントをいつもの3倍飲んだ。

7　5日目

6時に起き出し、ルーティンワークとなった情報チェックをテレビとスマホで済ませ、できるだけ変わりない生活をしようと居間の掃除をした。

コーヒーができるのを待つ間に〝神戸・市外局番〟で検索すると、あのかろうじて読めた数字が神戸の市外局番だと確認できた。朝食を終え、8時を待って電話する。一般人ではないかもしれないが、常識的には問題のない時間だろう。

昨夜と同じメッセージが昨夜と同じテンションで戻ってくる。メッセージを残そうかどうか迷ったが、何を言ってよいか逡巡したあげく、どうせ近々捜しに出るのだからと受話器を置いた。今日は一つ一つ冷静に事を運べていると理沙子はそっちの方を自己評価した。

明日か明後日ぐらいまでは芳之が自分の意志で帰宅するための猶予期間にしようと理沙子は思った。トータルにすれば1週間――許容と寛容と忍耐の限界を考えれば十分な量だ。

〝待つ〟という行為がどれだけ神経をすり減らすものか十分思い知った。

「さて」と気合を入れて立ち上がり、病院に行く前に少しでも捜索の準備をしておこうとボストンバッグを探し始めた。何日かかるかわからないが、大げさな重装備は必要ないだろう。何かが不足しても今の時代、なんとでもなる。鳥取にもスタバができる時代なのだから……。

「アッ、違う違う、あそこ、あの上にあるでしょ！」

ケータイに充電器をセットし終えると、すぐに次の指示がきた。

「理沙ちゃん目まで悪くなったの」

「ホラ、ブックカバーかかってるでしょ。ホラ、そこ。もう使えないなぁ。理沙ちゃん、今度来る時レーザーポインター買ってきて」

小型のクローゼットの側面の棚に載っていた文庫本を手にしながら、理沙子は「次はないな」と硬質の独り言をつぶやいた。

「ア、ありがと。ところで理沙ちゃん、届けは出したの」

ポリポリしていたポッキーの空箱をのぞきながら理香が訊く。ようやくその質問かと理沙子はまたあきれた。

昨夜遅く、「明日も早めで大丈夫？」と必要最低限のメールが届いた。どうやら早く来いということだった。

病室に顔を出したとたん、おはようの挨拶もなしに「ちょうどよかった。理沙ちゃん、下の売店でポッキーとポテチ買ってきて」と指示を受けた。その上、「ポッキーはアーモンドクラッシュね」とさらなる注文をつけ加える。

エレベーターで降下する間、理沙子はこの帳尻をいつどういうふうにつけてやるかを考え続けた。だいたいあの体型で入院中にスナック三昧すれば、どういう結果になるのかはわかっているはずだ。腰のあたりの肉を削いで和牛の品評会にでも出したら、そこそこの評価を受けるに違いない。このサシの入り方がその辺の牛とは違いますねぇ、なんていうコメントがつけられたら大笑いだ。

理香も若い時はいいスタイルだった、と理沙子は思い出す。モデル並みの身長ではなかったが、腰の位置が高くキリッとしたアキレス腱の持ち主だった。ハイヒールを履いて颯爽と歩く姿に理沙子は嫉妬したものだ。同じ姉妹でも理香だけは違う遺伝子を受け継いだのではないかと疑った。

たぶん、言い寄ってくる異性は多かったに違いないが、よりによって妻子ある男と不倫関係になり、ある日突然一緒になった。

略奪婚……。

相談を受けたわけではなかったが、事情はいろいろと複雑であったのだろう。しばらくの間は理沙子をはじめ家族とも音信不通の状態が続いた。理香を一番に可愛がっていた父親は胃に穴が空きかけ、死ぬまで胃潰瘍治療薬のお世話になった。

理香が増量してきたのは、二度目の大病の手術を終えて1年ほど経ってからで、離婚の話が出てきた頃だった。ホルモンの影響だから仕方ないのよと本人は主張したが、ストレス性の大食のせいだと理沙子は踏んでいた。

離婚後実家に戻ってからは自堕落な生活をしていたらしく、ぽっちゃりという表現で留まっていた体型がぽっちゃりを追い越してしまっていた。

「少しは自覚しなさいよ」

ポッキーの赤い箱を手渡しながら、理沙子はまるでポッキーに罪があるかのような顔をした。

「やっぱりなかったんだ、アーモンドクラッシュ」

ありがとうの言葉は期待してなかったが、理香はガッカリ感をしっかり含ませ、ぬけぬけと言った。

「こっちの方がカロリー低いでしょ」

ちょっとした皮肉のつもりで言ったのだが、

「マァ病院の売店だから仕方ないか。そうだ、あっちの病棟にはコンビニ入ってたんだっけ。失敗したぁ」

と意にも解さない。気がついていたら、あっちの病棟に行かせるつもりだったらしい。

「昨日出してきたわよ」

アーモンドつきじゃなくても満足したらしく、1本ずつ連続して口に入れてポリポリを続けている妹に答えた。

「どうだった？」

〝じょーだった〟に聞こえた。最近高音部の聞こえがよくなかったが、理香の口の中にポッキーが詰まっているのが原因だろう。

「イケメンの男の子が受理してくれた」

一番印象的だったので最初に話したのだが、理香は気にくわなかったらしい。口の中の咀嚼したポッキーを飲み込むと、

「ナニ、そのイケメンって？　理沙ちゃんそっちが大事なの」

と、顔をゆがませた。

そう受け取られるのは不本意だったが、確かに不必要な情報だったかもしれない。小首を傾げて考え込むあの顔が記憶にこびりついていた。

「マァいいや、受け取ってもらえたんなら。捜してくれるとは言わなかったでしょ」

そう言って、また1本口にくわえた。

「ウン、理香が言った通り。埒が明かないから心当たりを捜そうと思うんだけど」

「それもいいけど、心当たりってあるの？」

「理香が言ってたでしょ、あの占い師。それくらいしか手がかりがないのよね」

「それで電話してみたの？」

「それが出ないのよねぇ。鳥取も通じないし」

「何かサスペンスの臭いがするなぁ。主人公が心当たりを訪ねてゆくと、行く先行く先でみんな死んでるのよ」

「またその話」

「ちょっとマンネリよね。見てる側が、アアまたあのパターンかって」

自分なりのシナリオを描いているのか、視線を宙に泳がせながら、またポキン。

「ネエ、その話は後でちゃんと聞くから、こっちはどうすればいい？　とにかく行動しないと前に進まないでしょ」

「ウン、いいんじゃない。理沙ちゃんが珍しくオフェンシブになったんだから。お義兄さんがいなくなって人間として成長したんだと思うよ」

今さらこんなことで成長したくもないと思ったが、経験豊富な妹のアドバイスは貴重だ。

「理香に認められて光栄だわ。私を成長させてくれたそのお義兄さんを捜しに行くのは私ってことよね」

「そうね、そのくらいの義理はあるかもね」

我慢の代わりに皮肉を言ったつもりだったが、理香はポリポリとハムスター喰いをしながらいとも簡単に答えた。だいたい、義理のなんたるかを理香に言われたくない。

突然理沙子は理香が抱えていたポッキーの箱をひったくると、5、6本まとめて口に突っ込んだ。糖分を摂取することで脳を落ち着かせようとしたというのが表向きの理由だが、内心、ポッキーをかじりながら話す理香にムカムカしてきたからだった。

しかし、理沙子の口のキャパはその量を受容するだけの寛容さはなかった。急速に咀嚼を始めたすぐ後でウグッと妙な音を発し、理沙子は慌てて口もとを両手で押さえつけた。まるで顔面に張りついた宇宙生物を必死で引き剥がそうとしているように見える。

口の中で一部しか粉砕されていなかったポッキーは飲み込むことができず、出口を失って鼻腔に侵入し、咳ともくしゃみともつかない形容しがたい異音が理沙子の鼻から発せられた。それと同時に唾液にまみれたポッキーの欠片が押さえた指の間から四方八方に飛び散った。

上半身を後ろに反らせた理香は「何してんのよ理沙ちゃん、きたなーい」と嫌悪感丸出しで慌ててナースコールを押そうとした。

「あんた、な……何しようとしてるの、看護……さん呼ぶことないじゃな……」

右手で口の周りを押さえていた理沙子は、ところどころ不明瞭な発声をしつつ理香を阻止すべく左手をナースコールに伸ばした。

「ウワッ、やだやだ。理沙ちゃんこっち来ないで」

理香は消化不良のゾンビを見るような目をして姉から逃げようとしたが、足が固定されているため思うようにならない。

「私が汚しちゃったみたいじゃない。責任の所在をはっきりさせないと」

「私がやったって言うわよ。ちゃんと謝るから」

ベッドに飛び散った汚れを拭きながら理沙子はなんとか動揺を隠そうとしていた。

「もうなんであんなバカなことするの。小学生かッ。だいたい嚥下機能も落ちてきてるのになに無理してるのよ」

50歳近くになってきて、食事中に時々むせることがあって少しばかり気にはなっていた。だからといって、いくつも違わない妹から肉体の劣化を指摘されたくない。

「甘いもの食べれば落ち着くと思ったの。エゲッ、こんなことになるなんて思ってなかったから」

言い訳とも不服ともつかないトーンでむせながら言い返した。

その瞬間に口を押さえたため広範囲には広がったが、飛び出した量自体は大したことなく、シーツのところどころにチョコのしみを少し残しただけに留まった。ただ、出口をふさがれて逆流した残骸の一部は喉や鼻の奥に侵入し、その後長く理沙子を苦しめることになる。

「ネェ、理沙ちゃん、大丈夫なの？」

あまりにも理沙子がゲホゲホとせき込んでいるので、さっきまで敵対していた理香も心配になって尋ねた。

「不幸中の幸いって言うのもどうかと思うけど、内視鏡の上手な先生いるらしいよ。せっかくだから内視鏡で診てもらったら。喉にポッキー刺さってるかもよ」

あの勢いで逆流すればその可能性がないことはない。ただ、理沙子は内視鏡検査での苦い思い出があった。
2、3年前、胃もたれが続き、初めて内視鏡検査を受けることになった。内視鏡担当の医師は「最近のは細いですからね、楽ですよ。それに鼻から入れればもっと楽ですからね」と自信満々に断言した。
ところが、いざ挿入しようとすると、おかしいな、入らないなと囁いた後、じゃあ反対側からにしますねと宣言し再度突っ込んだ。二つあるから一つがダメならもう片方という発想はいかにも短絡的ではないかと理沙子は考えたが、自分の運命は今のところ彼にかかっているのだからと意見を述べるのを差し控えた。

しかし、麻酔をしているとはいえ、反対側もまた内視鏡の先端が鼻の内側にぶつかるたび奥の方に今まで感じたことのない痛みが走った。脳みその底の部分をツンツンと突かれているみたいだ。体をよじりアッアッと顔をしかめる理沙子を見て、「痛いですか。じゃあ口からにしますか。鼻腔が狭いようですから」と担当医はあっさりと術式の変更を口にした。

鼻からの挿入が不可能だったのが、本当にその医師の言った通りなのか、彼のスキルがその程度だったのか今でも理沙子はわからない。それ以後、内視鏡の検査を拒否していたからだ。鼻の付け根、前頭部のあたりの鈍痛はしばらく理沙子について回った。

「けっこうよ、内視鏡なんて」

離婚のゴタゴタの真っ最中にいた理香は、この出来事を知らない。

「だって楽よ、昔のと違って今のは細いし。鼻からやるのなんてスルッと入っちゃうから。それにもし刺さってたらササッと取れちゃうよ、きっと」

何がスルッとだ。何がササッとだ。人間の体は神秘に満ちてるんだ。一人ひとりみんな違うんだから、と逆らいそうになったが、二度の大病を患った妹に言うのも筋違いかと口をつぐんだ。その辺は十分に理解しているに違いない。

理沙子はウグッウグッと鼻から苦しそうな息を出しながらも、大事な要件で来たのを思い出した。

「ウッ、内視鏡はいいわ。それよりこれ見てくれない」と、トートバッグから例のハガキを引っ張り出した。

鼻から不規則な息を吐き出している理沙子からハガキを受け取ると、理香は姉の顔を不審げに見た。ハガキに目を落とすと、

「なに、コレ、転居の知らせ？　理沙ちゃん、中東辺りの友だちいたっけ？　私だって読

めないよ、アラビア語なんて」とさらに不審な顔をした。

そう言われても仕方ないな、と理沙子は変に納得する。どちらかというと日本語というよりそっちに近い。

「やっぱりそう見えちゃうよね。ホラ、例の芳之の占い師の友人からの……だと思う」

「なに、その、だと思うって？」

「わからないでしょ、名前も知らないんだから。知っててもこの難解文字じゃあ無理でしょ」

「アァ、昨日の話ね。日本人だとばかり思ってた」

「だから日本人よ、日本人……たぶん」

考えてもいなかったが、アラビア語かもしれないし、アラブの人が日本語を書くとこうなるのかもしれない。

「フーン、それになに、この星みたいなの。アーチストか何かだったの？」

「よくわからないけどそれは無視していいんじゃない。マ、はっきり認識できるのはそれだけだけどね。何書いてあるのか読み取れない？」

「解読しろっていうの。マア面白そうだけどね。ネットを使えばやれないことはないかな。ちょっと写真撮らせて」

方向を変えながらスマホのカメラを操作する。スマホに関しては女子高生並みの知識を持っている理香は、こういう時には心強い。

「後で電話する。忙しいんでしょ。帰っていいよ」

理香は短いセンテンスを三つ続けて、もう帰れば……という意思表示を上手にした。「ぶぶ漬けでもどうどす」という回りくどい言い方よりダイレクトで遥かに潔い。

もうすでにスマホを操作している。

マァいいか、理香に頼むしか方法がない。けっこう戦力にはなる妹だ。鼻の奥の方に違和感を覚えながら、理沙子はトートバッグを肩にかけた。


理香から電話がきたのは、相変わらずグスグスと鼻を鳴らしながら出発の用意をしていた昼過ぎになってからだった。フットワーク軽く出掛けようとしたのだが、〝ひょっとしたら〟必要になるかもしれないアレやコレやを引っ張り出すと、それなりの嵩になってしまった。まだ鳥取のポテンシャルを信じ切れてはいない。

身体的な負担を考えればキャスター付きに越したことはない。今では若くて体力のあるヤツもあっちこっちでガラガラと引っ張っている。芳之担当のあのビッグサイズは必要ないが、体力の消耗を防ぐための適度なサイズのキャリーバッグはやはり欲しい。理香以外はしょっちゅう旅行に出掛けている実家には、余分なやつがあるに違いない。いいタイミングでかかってきた電話だった。

「ネエ、余ってるのあるよね、キャリーバッグ」

受話器を取るや否やダイレクトに切り込んだ。しかも倒置法。キャリーバッグのことで頭の中がいっぱいだったせいだ。

「ゲェ……なんの話？」

「だからあるでしょ、キャリーバッグ。何度も言わせないでよ」

姉妹なんだから以心伝心で返事が返ってくるものだと思っていたのに期待外れもいいところだ。

最近、理沙子は自分の頭の中で考えていることを相手も同じく想定しているという前提で話しだすことがよくある。芳之にも、なんの話をしてるのと聞き返されることが増えてきていた。

若い時分には順序立てて話を組み立てられたが、そのつもりはないのに省略や説明不足がおこり、話の終盤にならないとなんの話をしているのかわからず怪訝な顔をされてしまったり、本題に入る前に不必要な枝葉の話を長々として、肝心の伝えるべき話がラストとなってしまうという現象も起きてしまう。枕を長々としゃべる下手くそな落語家のようだ。

ただ、理香に言わせれば、それを理沙子自身が自覚していないことが問題だった。

「キャリーバッグって、あのガラガラ？」

「それよ、それ、他にないでしょ。理香持ってるわよね、今。使ってないでしょ」

「ウン、たぶん私の部屋のクローゼットの奥にあると思う」

「じゃあ、それ貸して。うちのは芳之が持ってっちゃったみたい。あってもあんなに大きいのは無理だし。今から取りに行くから、じゃあね」

「アアアーーッ」

おそらく病室で出せる最大限の音量で理香は叫んだ。

オイ、オイと大事なスマホまでたたいた。

「用事があって電話したのアタシでしょ。なんで自分の話だけして切ろうとするのよ、まったく」

「……何か用あったの？」

「だからかけたんでしょ」

そうだっけ……と理沙子は斜め上方に視線を向けた。

捜索に出ることばかりが脳内を占めていたので、妹を思いやるキャパはなかった。

「ハリーの様子を見てきてほしいんだ。ちゃんと食べてるかどうか。どうせこれからマンション行くんでしょ」

「何よ、誰かいるでしょ」

「ふたりともお出かけ」

「じゃあどうして、ペットホテルに預けなかったの？」

「急だったから予約できなかったんだ。おりこうちゃんだから大丈夫だと思って自動給餌器セットしてきただけ」

ペットホテル自体理沙子にとっては不思議そのものなのだが、ペットを預けるにしても予約しなくてはならないとはなんたるご時世だ。

「故障してはいないと思うけど気になるからさ。ペットフード足りなくなってるかもしれないし、オシッコやウンコもどうしてるかな。淋しがってたらどうしよう」

どうせキャリーバッグを取りに行くのだ、それくらいサービスしてやろうと理沙子は自分の心の広さを自賛した。それにしても下の世話までしたくはない。

「いいわよ。水とエサやればいいんでしょ。それと元気かどうか確認すればいいのよね」

ハリーはパピヨンとかいう犬種の小型犬で理香が溺愛している。心を痛めていた時に、ショッピングモールの中にあるペットショップでアイコンタクトしたからという理由で即買いしてきた。あの時の涙目が忘れられないと言うが、それはあんたの方が涙目だったんでしょと言いたい。キャンキャンという鳴き声が少しばかり癇に障るが、あれで理香の心が癒やされるならそれはそれでいいだろうと、どうしようもない時は世話をしてやっている。

「ウワァ、ありがと。ついでにスキンシップしてくれると嬉しいけど……」

「エェ、できたらね」と答えたものの、やるつもりはない。

理沙子は基本的に毛の密生している動物は得意ではない。毛虫から雪男までそれは当てはまる。

理香は姉があまりにもすんなり素直に引き受けてくれたことに驚いていた。ナンダカンダと文句を言われると覚悟していたので少々気が抜けた。抱きしめてはくれないだろうが、餓死させることはないだろうし、少なくともいじめたりはしないだろう。

「じゃあお願いね。退院したらご褒美においしいものごちそうするからね」

言うことだけ言って通話は切断された。だいたいご褒美ってなんだ。ご褒美にあげるね、は犬にだろ。どうも混線しているようだ。


「そうそう、例のハガキ、ほんの少しだけど解読できたよ」

準備に忙しかったため大事なことを忘れていた。理香にも解読不可能だろうと決めつけていたせいもあった。理香からの再度の電話に、この忙しいのにいったいなんなの、と悪態をつきながら受話器を取った。

「文章本体はほとんどわからないけどね。やっぱり外国の言語でないことはネット仲間の情報で確認できたよ。それに、ところどころに〝闘う〟とかたぶん〝鎮圧〟かな、とにかく物騒な単語があるんだけど、そう読めるっていう程度ね。まさかお義兄さん、ヤバい組織の一員ってことないよね。この友だちって怖いさんの本場の神戸に住んでるんだよね、消印がそうだもんね」

あののほほんとした芳之が、と笑いそうになったが、「行ってくる」という一言も考えようによっては並々ならぬ決意表明と取れなくもない。戦闘とか抗争とかには無縁の人だと考えていたが、人は見かけによらないものだ。もしそうであれば、ただでは済まないし、事は急を要する。

理沙子は急に動悸がし始め、一瞬息を止めた。受話器を持つ手が小刻みに震えだす。

そんな理沙子の驚愕を知らず、理香が続ける。

「唯一はっきりしてるのが、たぶん名前だと思うんだけど『芦屋』って書いてあるよ」

「芦屋って神戸の高級住宅地じゃない。白金とか田園調布みたいな。地名じゃない？」

「だって最後に書かないでしょ、住所。それに『芦屋』だけ書いてあるって何か嫌らしくない、鼻にかけてるみたいでさ」

あしや……あしや君……理沙子は何度もあしやを繰り返して記憶を掘り返してみる。芳之が昔、話していたような気がしてくる。ただし、気がする止まりだ。

「やっぱり上の名前だと考えるのが妥当だよ。いるでしょ、芦屋さんって」

「でも、神戸に住んでる芦屋さんってできすぎじゃない？」

「そんなこと言ったら、東京に住んでる中野さんもいるし大久保さんだっていっぱいいるでしょ。恵比寿さんっているかどうか知らないけどね」

軽口をたたきながら何かカリカリと音が聞こえた。またポッキーか。

呼応するように理沙子も鼻をグスグスした。まだ鼻の奥の方にポッキーの残骸が張りついているような気がしてならない。

「それに引っ越しのお知らせなんだもん、昔から神戸にいたわけじゃないでしょ」

確かに理香の分析の方が合理的だと理沙子は認めた。〝そんなに遠くないところ〟にいたのは理沙子も覚えている。

「わかった。それで電話番号は間違ってないよね」

「ウン、数字ってのはわかるし、そう考えて間違いないね。最初のとこは神戸の市外局番だって言ってたじゃない」

「そうだけど出ないし……。電話番号じゃないのかと心配になっちゃって」

「そりゃあいろいろと都合ってもんがあるでしょうよ。一日ずっと電話の前にいるわけじゃないしさ」

昔は違った……理沙子は高一の時好きだった相手からの電話を一日中離れずに待ったことがあった。結局かかってこず、初めての失恋を経験した。

「ウン、いくつかヒントがもらえたから出掛けてみる。これからマンションに行って泊まるようになると思う」

「ハリーのことお願いね」

「できるだけのことはする」

生存可能な最低限のことはね……と言いそうになって慌てて口をふさいだ。

8　神戸（ラストナイト）

正午を少し過ぎた頃、理沙子は神戸に到着した。芳之ほどではないが飛行機が好きではないのは理沙子も同じで、神戸や鳥取に行くのに飛行機という選択肢はなかった。

久々の新幹線の微細な振動が心地よかったせいか、昨夜の眠りが浅かったせいか、東京駅を出てまもなく眠りについた。京都で一度目を覚まし駅名を確認した覚えはあるが、そのまま二度寝し新神戸までまた眠り込んだ。何日かぶりに熟睡した感覚があり、リラックスしすぎて昨日まで心のどこかにあった緊張感を失ってしまうほどだった。

予想もしていなかった昨夜のドタバタは交感神経を極限まで興奮させたようで、事が沈静化した後も嗅覚神経は脳の下部あたりを揺さぶり続けた。それに輪をかけて余計な電話があったことでさらに神経が高ぶって眠りを妨げた。

昨日、理香たちが住む隣駅のマンションに着いたのは夕刻に近く辺りはもう暗くなっていた。

捜索用の装備を大きめのボストンバッグに詰め込んで、マァ一駅くらいならと軽く考えて家を出たものの、体力の衰えは思った以上だった。駅までは左右の手で持ち替えてかろうじて運んだが、吉祥寺駅から歩いて7、8分のマンションまでタクシーを使うはめになった。こんなことになるなら最初からタクシーを呼べばよかったと悔やんだ頃には、白いマンションの前にもう到着していた。

武蔵野の面影をところどころに残しているロケーション、4階建ての低層マンション、3階の東向き角部屋――こんな物件は早々に出ないからと強く推したのは理沙子だった。迷っている母親に、自分の隠し財産を貸してもいいとまで言った。今まで住んだことはなかったが、一番愛着を感じているのは理沙子かもしれなかった。

ここに着くまでにけっこう疲れてしまったので早めに荷物をキャリーバッグに入れ替えてしまおう。理香がもしもの時のためにとストックしているカップ麺を一ついただき、明日からのためにさっさと寝よう。理香のベッドを拝借すればいい。ベッドだけはちょっと奮発したと自慢していたので、よく眠れるだろう。

そんな期待はドアロックを解除し、理香たちの家のドアを開けたとたん吹き飛んだ。

なんとも形容しがたい臭いが一気に襲ってきた。どうしても表現せよといわれても〝くさい〟としか言えない。それはひどく暖かい空気に乗って理沙子にぶつかり、後ずさりした理沙子は床に置いた荷物につまずき、尻もちをついた。

ポッキーのせいで未だに機能が低下している理沙子の鼻でも嗅ぎ取れるだけの威力があった。鼻をつまみ、息を止めると、急いで立ち上がり、ドアを閉めた。外気に希釈され異臭は薄らいでいたにもかかわらず、理沙子は周囲に漂っている邪悪な何かを振り払うように左手を大きく振り回した。油断をしていたら憑りつかれてしまうとでもいうかのように必死で振り回した。

しかし、日頃の運動不足のせいですぐに息が切れ、口呼吸をしながら鼻をフガフガさせた。両膝に手をつき、前かがみになって息を整える。今しがた起きたことがなんだったのか検証しようと試みたがうまくいかない。

はて、部屋の中では何が起きているのだろう。

母親も妹も旅行に出掛けていると理香は言っていた。だからハリーの世話を……生物がいるとしたらあの座敷犬か。そういえばドアを開けた時も鳴き声を聞いていない。まさか餓死して腐敗しているのか。死臭というものをかいだ覚えのない理沙子は、着ていたコートを両手でたたき出した。

それにあのヌゥーとした暖気はなんだ。考えられるとしたら理香が暖房のスイッチを切り忘れてエアコンがフル稼働しているということだ。いや、ひょっとするとあの犬のために意図的に入れたまま入院したとも考えられる。

理香に連絡をしようかとも考えたが、ハリーになんかあったのと大騒ぎをするに決まっているので事の真相を確かめてからにしようと一度引っ張り出したケータイをバッグに戻した。

理沙子は、芳之が失踪した後にハマった〝何がどうなってるの迷宮〟に再び陥った。理解しがたい理不尽な考えが次々と浮かんでくる。

マンションの隣室から異臭がするので警察に通報し中に入ったら死体――という話は時々耳にする。理香の大好きなサスペンスものでも定番のネタだ。警察に連絡して「事件性はあるのですか」と訊かれたらなんと言えばいいのか。また事件性か、と理沙子は鼻の頭にシワを寄せた。

いやいや最悪の場合、理香の勘違いで旅行に行っているとばかり思っていた2人が部屋にいて、強盗殺人の被害者になっているケースだって考えられなくはない。これもドラマか映画で見た記憶がある。

ただ、人間の死臭はどうしようもなく耐えがたいらしいよ、と芳之が言っていた。どこから仕入れた知識なのか、鑑識でもないのに変なことには不思議と詳しい夫だ。それを信じるなら、そこまでのレベルではないような気もする。基準がわからないからなんとも言えないが、人間の……でなければ、やはりあの犬のか。

この異臭の原因がなんであるのか、中に入れば即刻明らかになるはずだ。それは十分にわかっているのになかなか踏ん切りがつかず、怖気づいたままドアの前に立ちすくんだ。

しばらくすると、ブルブルッと上半身が震え、「ウウー寒っ」と無意識につぶやいたことで意識が戻り、脳をはじめとする全身の細胞が反応を始めた。

理香が骨折したために理沙子は余計なことにまで気を遣わなくてはならなくなり、それでなくとも疲弊した精神は指先でちょっと突かれたら折れそうな状況になってしまっていた。

しかし、理沙子は逆境には強かった。これまでも瀬戸際に立たされると――理香風に言えば断崖絶壁に追い込まれると――思わぬ力を発揮していた。

父親が他界して家族が落ち込んでいる時に真っ先に立ち直ったのは理沙子だったし、理香の病気の時も本人の次に果敢に立ち向かったのも理沙子だった。芳之がノープランで会社を辞めた時にも、理沙子が意気消沈していたのは数日で、シビアな現実に文句も言わずカムバックした。

理沙子は意を決した。

荷物の中からタオルを引っ張り出し、口と鼻に押し当て、後頭部でこれでもかというほどギュッと縛った。呼吸がしにくくなったが、あの臭気がこれで少しでも防げるのならなんということはない。

室内に突入してからの動きをシミュレーションする。

ハリーの安否確認よりも何よりも、とにかく窓という窓、ベランダのドアも全開して外界との通気を確保する。次に、確か洗面台の上にあった消臭スプレーをまき散らしながら、臭いの源を発見する。理香の部屋が一番怪しいが、一つ一つ当たるしかない。消臭スプレーのストックはあるだろうか。目に見えない敵との闘いは困難を極めそうだ。

銃を左右に向け、誘拐された女の子を捜すＦＢＩ捜査官のように振る舞えばいい。銃の代わりに消臭スプレーを発射しているというほんのわずかな違いだけだ。

ドアノブをしっかり握り、１、２、３とカウントし、一気に引き開けた。どうもＦＢＩが頭の中に居座っている。

すぐにドアストッパーをかけ、センサーに反応して点灯した玄関ライトを頼りに、スリッパも履かずにライトのスイッチを押しながら廊下を疾走する。リビングルームとの間仕切りのドアを開け、ベランダのスライドドアを全開した。ＦＢＩのように部屋の角で止まり、左右を確認する余裕はなかった。たった数秒息を止めていただけで理沙子は酸欠に陥り、ベランダに顔を出し、タオルを外してハーハー喘いだ。「クリア！」と宣言するのも無理だった。

何度か浅い呼吸を繰り返し、パニックにならないよう注意する。まだ冷静な判断ができているのには自分でもびっくりした。

明かりのついたリビングを振り返ると特に変わったところはない。大画面のテレビ、母親がフラを踊っている写真パネル、ソファーもいつものままだ。少なくとも血を流して横たわっている被害者はいないようだ。

ウウッ、緊張していて気づかなかったが……寒い。くさいより寒い。妙なことにリビングにはあの臭気があまり感じられない。それにここはドアを開ける前から冷え冷えしていた。

ということは……急いでスライドドアを閉め、間仕切りのドアも閉めた。最小限の息を吸ってみた。寒いがさほど臭くない。

ベランダに顔を出して新鮮な冷気を吸ったせいもあり、事の成り行きを整理できる状態になっていた。理論的に考えれば、リビングとダイニングキッチンはウォークスルーになっているので容疑から外していい。他の部屋もドアは閉まっていた。唯一ドアが開けっ放しにしてあったのは玄関に一番近い理香の部屋だ。トイレやバスの可能性もあるが、暖気のもとになる器具はないし、おそらくドアは閉めてあるだろう。

十中八九、異変の源は理香の部屋。最初にあの臭いをかいでしまったため冷静さを欠いてしまったが、こんなことをしでかすのはアイツしかいない。理香の部屋から発生した異臭は玄関と廊下に流れ出したが、間仕切りドアのおかげで他の部屋にはわずかしか侵入しなかったのだろう。

そしてあの暖気も理香の部屋のエアコンが作動しているからに違いない。ターゲットは決まった。理香の部屋に突入して、窓を全開し消臭スプレーをありったけぶちまけよう。

タオルをしっかりと縛り直し、洗面所にあった消臭スプレーとトイレ用の消臭スプレーまで持ち出し、間仕切りドアの前に立った。どっちも満タンではないので理香の部屋に入るまでは使用を控えなければならない。残り少ない弾丸をどう使うか思案するエージェントの顔になる。

「ゴー！」

息を止め、間仕切りドアを開けてダッシュで理香の部屋を目指す。部屋のドアに体を当てて開けると、引き金を引くように何度も消臭スプレーのボタンを押しながら常夜灯の光を頼りに正面の窓に突進する。足元に何かぶつかるが、気にしている暇はない。

ロックを外し、窓を全開にして引き返す。玄関ドアを開けてストッパーをかけ、転がるように外に出た。全開といってもたかが窓なので開口部は小さいが、それでも外気が入り込み、通気口が完成した。臭気から逃れるようにエレベーターホールまで移動し、タオルを取って息を整える。

ポッキーの呪いなのか、うまく息を吸うのが困難でゲホゲホとせき込んだ。この臭いが大気で希釈されるまで、同じ階の人がエレベーターから降りてこないことを願った。

10分ほど寒さを我慢して立ち尽くす。幸いエレベーターが止まることはなく一安心する。

恐る恐るドアに近づくと、あの邪悪な臭いはほとんど消えているようで、理香の部屋の入り口まで侵入した。何か変なものが飛び出してきそうで嫌な予感がしたが、ここまで来て後には引けない。

手探りで部屋のライトのスイッチを確認し、明かりをつける。どんな光景が現れるのか恐怖で一時固まったが、薄っすらと鼻をつく臭いで我に返った。エアコンの稼働音が残り臭を送ってきていた。

シャキッとしようと気合を入れたが、故障した亀型ロボットのような動きしかできない。カクカクと少しずつ首を伸ばし、口に手を当て柱の角から片目だけで覗いた。

シーリングライトに煌々と照らされた部屋には、水盤に活けられた半死半生の植物たちがいた。机の上、化粧台の上、床の隅にもいくつもの水盤やら花瓶やらが雑然と置かれ、そこには、まだかろうじて生きている花もあるが、しおれてしまってミイラ状になったものの、腐ってなんの花か判別できないものまであり、それぞれが発する悪臭が混ざり合って得も言われぬ臭いを作り出していた。

ゴミ箱の中にも切り捨てた残骸が突っ込んであり、当然のごとく腐り始めていた。

そういえば、最近になって華道教室に通い始めてなかなかいいセンスをしているとほめられたと自慢していた。調子にのって七つも八つも活けて自己満足していたに違いない。

しかし、4、5日不在にしたくらいでこんなになるものかと理沙子は釈然としなかった。その疑問は一旦エアコンを止めようと理沙子が手にしたリモコンを見て解決した。30度で〝強〟に設定してある。こうなるための条件は十分整っていたと言える。

仕方なくもう一度タオルで口と鼻をふさぎ、キッチンのゴム手袋をはめ、可燃物用のゴミ袋に花の残骸を放り込む。腐った水はフリーダイビングの選手のように息を止め、トイレとの間を往復して捨てた。

肺に負担のかかった仕事を終え、理香の部屋だけでなく、あまり被害のなかった廊下やリビングや閉まっていた部屋にまで余っていた消臭剤を撒いた。

全てを使いきり玄関に戻ってくると、クゥーンクゥーンと鳴き声らしきかすかな音が聞こえてきた。そういえば——ここには生物がいたはずだ。ハリーの世話をよろしく、理香はそう言っていた。

異常事態にかかりっきりでハリーのことは頭の片隅にも存在していなかった。自己アピールだけを生きがいにしている犬なので、いつものようにキャンキャンと威勢よく鳴いてくれれば気づきもしただろうに、弱々しい声だ。

玄関をはさんで理香の部屋と反対側の小部屋のサークルの中で、いつも落ち着きのない動きをしている。その小部屋のドアも半開きになっていた。やはり理香があの犬のためにエアコンを常夏並みにつけていたようだ。雪が降っても犬は喜んで庭を駆け回るものなのに、そんな必要があるのか。過保護も甚だしい。

しかし、それが災いした。

あの腐臭が直接入り込んでいたとは思えないが、犬の嗅覚は人間の何百万倍だという。

トリュフだって最近ではブタよりイヌだ。

毛の生えている生物は苦手だったが、この状況下では動物愛護の精神を発揮せざるを得ない。

浅く息をしながらそっとドアを押し広げ、救出活動を開始した。三角耳の小型犬がサークルの中でウロウロしている。しかし運動量はいつもの十分の一ぐらいだ。それでも健気に尻尾を振っている。

そばに置いてあった移動用のケージに入れ、外に運び出す。ケージの中の小犬は顔を上に向け、口を大きく開けた。あくびなのか深呼吸なのかはよくわからなかったが、おそらく後者だ。

自動給餌器は働いていたが、とりあえず新しいペットフードにし水を換える。トイレの始末をし、サークルの中を掃除した。

サークルに戻してやると、ご機嫌そうではなかったが、「ごきげんよう」と挨拶し、理香との約束を果たした。2、3日したらオーナーが帰ってくるからその時にめちゃくちゃハグしてもらえばいい。

予定外の大仕事を終え、ダイニングでインスタントコーヒーを淹れる。インスタントコーヒーでもコーヒー専門店にも引けを取らない香りがして、理沙子はようやく落ち着きを取り戻した。あの臭いをかいだ後だ、どんな安物コーヒーでもうまい。

理香のカップ麺を食べる気力は戻らなかったが、テーブルの上にあったポテトチップスの袋を開け、口に入れた。塩味がちょうどよく、ついつい手が伸びたが、一度にたくさん放り込むのはよそうと正しい判断をする。

パリパリと規則正しく咀嚼しながら、一息ついたら荷物の入れ替えをしてしまおうとぼんやりと考えた。それでなければここに来た意味がない。

理香のベッドも魅力的だが、あの部屋にはまだ瘴気が漂っているような気がしてあきらめた。リビングのソファーの方がまだ安心だ。やることをやって明日に備えよう。

こんなことをするために来たんじゃなかったのにな、と鼻をスースーいわせながら理沙子はまた一つポテチをつまんだ。

知らないうちにウトウトしてしまったらしい。遠くから固定電話の着信を知らせる音が、徐々に耳のそばまで近づいてきて目を覚ました。テーブルの上のデジタル時計を見ると夜9時を少し過ぎている。

また理香か、と思ってキッチンのカウンターの上に置いてある電話機まで移動する。

受話器を耳につけると、調子のいい軽薄そうな声が聞こえてきた。しかも自分が誰かも名乗らずに話し始める。

「……つながった。また里田に戻っちゃったんだって？　どうしちゃったんだよ」

カチンときた。パーソナルな電話にかけたわけでもないのに無礼この上ない。まずは「モシモシ、こちら誰々ですが……」と始めるのが大人のマナーではないのか。その上どこをどれだけ迂回して伝わった情報なのか、理香が離婚して、ずいぶん経っている。

肉体的にも精神的にも疲れてうたた寝をしていたところを起こされたので、それだけでも機嫌が悪かった。状況が違っていたら優しい対応ができていたかもしれないのに運の悪いヤツだ。15分ほど世の中とはどういうものかを教えてやり、電話を切った。

佐藤だか鈴木だかいう理香の知り合いらしいが、偽名にはおあつらえ向きの姓を名乗るとはどうかしている。理香に報告するまでもない。必要なら、またかけてくるだろう。

鬱憤を少しでも晴らすことができたので、失われた10分は良しとしよう。これで少しは眠れるだろうと理沙子は期待してソファーに横になったが、眠りはいっこうに訪れなかった。

京都になら例の年一旅行で芳之と何度も訪れたが、理沙子にとって神戸は未知の街だった。京都と距離的にはそれほど離れてはいないが、まるで異なる空気を感じるのは理沙子の気のせいだろうか。

神戸にはエキゾチックな街というイメージがどうしてもつきまとう。もしあの芳之の友人だという占い師が住んでいるとすると、理沙子の中ではかなりの違和感がある。神戸にだって占いを生業としている人はいるだろうが、あの山奥からこういうシャレた街に移り住んだ占い師はたぶんあの人だけだ。

とにかく連絡を取らなくては、と改札を出てガラガラを引き、駅舎の外れまで移動し、スマホに登録していた芦屋さんの電話番号を押し、耳に当てた。

『スミマセン、すけだちのためしばらく留守にします』というメッセージが聞こえてきた。理沙子は再びガッカリした。

それにしてもなんとタイミングの悪いことか。東京駅からかけた時は呼び出し音が繰り返されただけだったので、理沙子が新幹線に乗っている間にこのメッセージを入れたということだ。

それに〝すけだち〟ってなんだ。あの助太刀か。時代錯誤も甚だしいし、今どきそんな単語を使う人がいるだろうか。時代劇の敵討ちの場面くらいだろう。どうせなら〝ヘルプ〟の方がずっとわかりやすい。仕事上の手助けという解釈でいいのだろうか。

芦屋さんがつかまらないとなると、次の目的地である鳥取に向かうべきところだ。しかし、理沙子は自分でもよく理解できないのだが、この街に吹くゆっくりした風の流れや、騒々しくもなく静かすぎるのでもないこの街の音を気に入ってしまった。そのせいか自分の動きと連動するガラガラという音がひどく耳障りに聞こえる。

そういえば……ここはあの街だ。

芳之と2人で言葉もなくテレビの画面に見入っていたことを思い出す。倒壊し歪んだ高速道路。くずれたビルに押しつぶされたバス。あちこちから上がる煙。

この静かな街が邪悪なエネルギーによって破壊されたのはいつだったろうか。そんなことがあったなんてまるで想像できない平穏さに、理沙子はゆっくり一つ息を吐いた。

ここがあの街か。

そうだ、芳之を無事見つけ出して一段落したら、今度は京都ではなく、この神戸への旅行を提案しよう。そのためには一刻も早く芳之を捜し出し捕捉《ほそく》しなければならないと、理沙子はまた決意を新たにした。

駅舎の周囲をぐるりと一回りすると、後ろ髪を引かれる思いではあったが鳥取へ急ぐことにした。ここから鳥取までは2時間余り。なんの収穫も得られなかった神戸を後に鳥取行きの特急に乗り込んだが、理沙子の脳裡から離れなかったのは神戸の風景ではなく、あの〝すけだち〟の一言だった。

9　鳥取――エンカウンター

自分がなんの目的でここまで来たのか、一瞬忘れた。

駅舎から出ると真っ青な空が広がっている。抜けるような青空――というのを見たことがなかった理沙子は、ひょっとしたらこれがそうなのかもしれないと思った。

そして、雲一つないその青の中にひと筋の白い軌跡――飛行機雲が緩いカーブを描きながら上昇していく。

「コントレイル」

思わず口に出た。

いつだったろうか。庭先で静かに空を見上げていた芳之に、何を見てるのと訊いたことがあった。

「うん、コントレイル……」と芳之は視線を空に向けたまま答えた。

「何それ？」

「飛行機雲のことコントレイルっていうんだ。英語でね」

ちょっと自慢げな笑みを浮かべた顔で振り向いた芳之。このコントレイルを今どこかで見ているのだろうか。

空に見とれてしばらくの間、駅前で放心していた理沙子だったが、体の中から湧き起こるグルグルという妙な音で我に返った。朝から何も食べていないのに不満を表した消化器官のブーイングだった。空腹感はそれほどなかったが、体は正直でエネルギーの供給を求めていた。マンションを出る時は東京駅でシウマイ弁当を買おうと決めていたが、1本でも早い新幹線でという思いにしっかり忘れてしまった。

考えてみれば一人で旅したことはなく、電車の時間や乗り継ぎだけに気を遣っていて食事のことなど頭になかった。京都行きでは、「これがけっこう楽しみなんだ」と駅弁の手配も芳之がしていた。一人でここまでたどり着けたのが驚きで、自分でも感心してしまうほどだ。

何か食べておかないと、芳之を見つける前にほとんど知らない街の路上で行き倒れになってしまう。ここまで来ているのだから実家への連絡は、食事の後でも遅くはない。

スマホを引っ張り出して近くの飲食店を検索すると、何年か前に話題になった鳥取のスタバを見つけた。歩くと5、6分かかるらしいが、話のタネに行ってみよう。新規開店時にはずいぶんな行列ができたとネットニュースで見た覚えがあるが、まさか今でも行列していることはないだろう。カツ丼や焼肉定食は重すぎてたぶん受けつけないので、カフェめしくらいがちょうどよさそうだ。

理沙子はスマホ片手に気分よく歩き始めた。ガラガラという雑音もあまり気にならなかった。風もほとんどなく冬晴れのいい日和だ。理沙子の今の状況を考えれば、のんびりと旅行気分を味わっている場合ではなかったが、この時の理沙子は上機嫌でスキップしたいくらいに浮かれていた。頭上に広がる青空とコントレイルのせいに違いない。

銀行の大きな建物の角にさしかかった時、「あなた……」と後ろから呼ばれたような気がしたが、こんなところに知り合いは――夫の母親を除いてはいないので無視した。するとまた「そこのあなた、替わり目の相が出て……」と聞こえてきたが、語尾はフェイドアウトしてよく聞き取れなかった。ひょっとすると自分に向けられたのかと理沙子は振り返った。

目の前には、理沙子と同じくらいの背丈の小柄な男が立っていた。冬の寒さをものともせずコートなしで薄手のスーツ姿だ。おそらく30代半ばだろうが、それにしても存在感が薄い。

クリップボードは持っていないが、新手の『アンケートにご協力ください』に違いないと理沙子は警戒する。

「替わり目の相が……」

うつむき加減にボソボソと話す。そんなんでは成績は上がらないぞと変な同情をしたが、何かあまりにもオドオドとしているので急な病気で助けを求めているのかと心配になった。

「どこか具合でも悪いの？」

まるっきり初対面の人にする質問とは思えなかったが「急いでいるので」と平気で無視してしまうには忍びなかった。

「……イイエ……」

またモゾモゾと不明瞭な話し方をしたので、イイエの後が聞き取れなかった。よく観察してみると、口を開くと顎でも痛いのか途中で止まり、それ以上動かない。それが癖なのかどうかわからないが、聞き手側としてはけっこうな集中力を要する。下手くそな腹話術師レベルの口の開け方だ。

「大丈夫なの？　どこか痛いの」

いい天気に気分を良くしていた理沙子は鷹揚な訊き方をした。どんよりとした雨混じりの天気だったら、おそらく「めんどくさいから行くわ」と言い放っていたはずだ。

「問題ありま……」

その語尾が大事だったがよく聞き取れず、顔を上げて少し笑ったようだったので、〝せん〟の方だろうなと理沙子は安心した。

よく見ると、右側の額にヘアモデルのようなサラサラとした前髪が垂れていて、小さめの右目にまで流れている。そのせいで右目はあまり機能できていなさそうだ。一瞬、トリートメントは何を使ってるんだろうと自分でも理解に苦しむ疑問が頭を過ぎった。

そのサラサラ髪が目に入ってるせいかどうか不明だが、左目のまばたきの回数がやたら多い。チックのように病的なものだとすると、気にしてしまってもっと悪化するかもしれないので口に出すのはやめた。

スーツ姿でネクタイもしているのだが、流行遅れで颯爽としたサラリーマンの臭いはまるでしない。流行は繰り返すとは言うものの、いったいいつ頃買ったものなのだろうか。しかし、古くてヨレヨレの感じはしない。よほど物持ちがいいのか、しっかり手入れをしているのだろう。

もっとよく見ると、小さめの黒いリュックを背負っている。近頃はスーツ姿にリュックというのもファッションとして認められているが、流行に敏感とは思えないので単に合理的だという理由で選択したのだろう。

それにつけても、神妙な顔で話しかけてくるこの男の顔を正面から見ると、どうしてもあの〝鬼太郎〟を思い出してしまい、笑うまいと少々努力を要した。ただし、見た目がそうであるだけで本家鬼太郎のあの快活さには遠く及ばずキタロー止まりだ。

言いたいことはいっぱいありそうなのに、それを言葉に変換する機能が低下しているのか、声帯自体の運動能力が麻痺しているのかわからないが、ひどくもどかしい。それとも、ただ滑舌が悪いだけの話か。

ゴクッと唾を飲み込む音がして喉仏が動く。

「あのー、最近変わったことありませんでした？」

少し落ち着いたのか、わりかし正確な発音で十分理沙子の耳に届いた。何かあったから
こんなの引っぱってここにいるんでしょ、変わったことなかったらこんなとこにいないわ
と言い出しそうになったが、キタロー似の男を睨むだけにした。

その上、見ず知らずの他人にどうして微妙なプライベートを話す理由があるのか。名刺を出せとまでは言わないが、最低限アンタが先に自己紹介するのは礼儀だろうと理沙子は腹が立ってきた。無礼なヤツではあっても最初はその外見が緩衝してくれていたため許したが、もう甘やかすつもりはない。

「どうしてそんなこと話す義務があるの。変わったことがあったら鮮やかに解決してくれるっていうの。個人情報にうるさい今の世でよくそんなこと訊けるわね」

あまり攻撃的に話すと気弱そうなこの男がどんどん小さくなってしまいそうでかわいそうな気もしたが、理沙子は話しているうちにヒートアップしてきた。空腹のせいかもしれない。

どうもこういう輩は日本中どこにもいるらしい。高飛車な態度で近づいてくるヤツやら、友だち気取りで気軽に肩をたたいてくるヤツやらいろいろだが、言ってくる内容は似たり

寄ったりだ。それにしてもこの男、こういう声かけ稼業には一番不向きのタイプに思えた。あのー、と何か言い出しそうになったので「あなたのこと必要ないから他を当たって。もっと不幸な人をね」と先回りした。自分もけっこう不幸かもしれないと躊躇したが、これからスタバに行ってお昼にしようと思っているだけ不幸の度合いは小さいと自分を納得させた。

変わったことはあるにはあったが「ハイ、変わったことありました」と簡単に告るわけにはいかない。だいたい司祭でも刑事でもなさそうな男にどうして大した罪もない私が告白する必要がある。

それに、下手に話したりしたら壺とか数珠とかをリュックから取り出して、どれも十万円均一でお買い得ですよと活舌爽やかに勧めてくるかもしれない。

「じゃあね、お昼食べてないから」

軽く左手を振るとガラガラとうるさいキャリーバッグを引いて歩きだした。

信号待ちの時に振り返って見ると、キタロー似の男は粗相を叱られた子犬のような目を理沙子に向け、胸の前で両手を小刻みに揺らしていた。

外観やレイアウトの違いこそあれ、スタバはやっぱりスタバだった。窓際のカウンター席について外を眺めても遠くまで来たという実感がない。吉祥寺のスタバで一息ついているような気分だったが、買い物袋を抱えた芳之は隣にいなかった。

お勧めだというシナモンロールをかじり、熱いコーヒーを一口飲む。甘さと苦さのコンビネーションで体中が喜んでいるのがはっきりわかった。フゥーとお決まりの大息をつき、両腕をうんと伸ばした。車内で縮こまっていた関節が耳のそばでボキボキと鳴った。ついでに首を回し左右に振ってストレッチする。

芳之を発見し無事確保できたら、鳥取一号店のスタバでランチ休憩をしたことを話そう。どんな顔をして聞いてくれるだろう、なんて答えてくれるだろうと理沙子は少々感傷的になった。

まだ消息はまるでわかっていない。ここ鳥取に来たのだってはっきりとした根拠があったわけではない。他に行く当てが見つからないので鳥取――消去法といってもそんな難しい引き算をしたわけでもなかった。

何はともあれ、ここまで来た以上、最低限のミッションは果たさなければならないと自らを鼓舞した。シナモンロールをたいらげ本日のコーヒーを飲み終えたら、芳之の実家に電話してみよう。もし電話が通じない時は直接押しかけ、なんとしてでも義母を見つけ出し尋問しよう。そうでもしなければ、ここまで来た意味がなくなる。

ランチというよりおやつ休憩をした理沙子はドアを開け、表に出た。その時、急にあのキタロー顔のビジョンが脳裡に浮かんだ。

なぜ……。

どこかへ消えてしまえとでも言うように、理沙子は頭を二度振った。なんの変哲もない顔がどうして思い浮かぶのだろう。何か術でもかけられてしまったとしか考えられない。

気を取り直してスマホを取り出し、メモリーから義母《はは》の家を選択する。ひょっとするとケータイからかけるのは初めてかもしれない。

ほてった耳のそばを冷たい風が過ぎてゆく。空を仰いで目をつぶり、どうか居ますようにとスマホを耳に当てながら神頼みをする。

三度コールすると、「ハイ、どなたァ」とハイトーンの声が聞こえてきた。芳之の話では義母はかなり弱っているということだったので、ひょっとすると活きのいいヘルパーさんにでも面倒を見てもらっているのかと心配になった。とうとうヘルパーさんを頼むほど身の回りの世話ができなくなってしまったのかと恐る恐る訊いてみた。

「あのー、お義母《かあ》さ……ん？　ヘルパ……」

「アラぁ、ひょっとして理沙子さん！　珍しいわねぇ、どうしたの？　芳之が何かやらかした……？」

いくつになっても母親の心配事は子どものことらしいが、心配しているというより不始末を気にしているような言い方だ。なにか虫の知らせでもあったのだろうか。それにしてもずいぶん元気そうな声だし、聞き慣れたアレルギーボイスでもない。

イイエ、そんなことは……と話し始めて、ここで完全否定していいものかどうか理沙子は迷った。どこかへ行ったのは確かだが、何かやらかしているかどうかはわからない。いなくなったのが仮に中学生の息子だとしたら監督者である親に責任があると責められても仕方ないが、夫の場合、果たして自分は監督者なのだろうかと、一瞬理沙子は首を傾げた。

疑問は残ったが、ここは話題を変えた方が無難だと主導権を取り返しにかかった。

「お義母さん、体の調子はどうなんですか。芳之さんからは具合が悪いって聞いていたので」

まずはこの辺からアプローチしてみようとセーフティー路線をとった。

「アァ、あの時ね。帯状疱疹よ。知ってる？　帯状疱疹って痛いのよ、これが。下着が触っただけでもピリピリして。右のおっぱいのとこ、おっぱいって言ってももう痕跡しか残ってないけど……ハハハ。プチプチ小さい水ぶくれみたいな赤いのがいっぱいできてね、痒いっていうか痛いっていうか。それでしばらく落ち込んじゃってね。なんとかいうウイルス？　それがね、神経にくっついちゃうらしいのよ。高齢者に多いって言ってた、お医者さん。あたしは早めに診てもらったからよかったけど、我慢しちゃったりして手遅れになると後遺症で痛みが続くんですって。イヤよねぇ。理沙子さんも気をつけないとダメよ。もう50近いでしょ。免疫力が下がると罹るらしいわよ。さすがのあたしも齢には勝てないって痛感したわ。エエーッ、それで電話してくれたの？」

義母はよどみのない標準語で答えた。鳥取生まれだと聞いているがなまっているのを聞いたことがなかった。最後で突然テンションを上げたので、血圧も跳ね上がったに違いない。芳之も高血圧で軽い薬を飲んでいて、両親からの遺伝だからある程度しようがないなとあきらめていた。

理沙子はどう答えようか迷った。今、鳥取にいると言ったら、また血圧が上がるのは目に見えている。興奮して長セリフを続けただけでも血圧上昇は否めない上に最後の一言で確実に上がった。帯状疱疹が再発することはないだろうが、脳の血管でも切れたらそれこそ大ごとだ。上げるにしても少しずつにしようと理沙子は義母の体を思いやった。

「マ、アァ、でも安心しました、お元気そうで。今、スタバでお茶してたとこなんです」

「アラぁ、いいわねぇ。スタバってあのコーヒーの。そうそう、スタバって言えば鳥取にもあるのよ。スタバ未開の地だったのに、いつだったかしらねぇ、とうとうできたのよ。これで鳥取の悪口なんか言わせないわよー、ネェ」

そのスタバにいたと言ったら、確実に……出血する。

「そのー、こちらに用があったものですから……」

言ってしまってから〝こちら〟という表現をしたのは迂闊だったと気づいた。

「アラー、こちらってどこなの」

「エエ、ですから……とっと……とりの……ス、ス……」

取り返しがつかず小声で答えた。鶏のスープに聞こえたらいいな、と支離滅裂なことを願った。

「アァ、そうなの」と返事があったきり、4分音符が四つ並んだ。

「……もしかして……駅のそばのあのスタバ？　エエーーッ」

理沙子の気遣いはなんの役にも立たなかった。マァちょっと考えれば、驚かせずに済ませるという目論見そのものが土台無理な話だ。結婚して二十数年の間に理沙子が鳥取を訪ねたのは3回ほどしかない。オリンピックでさえもっと小まめに開催している。

最初から、鳥取駅前のスタバでお茶してました、と告白するのとなんら変わりがない結果となった。

「スミマセン、驚かせてしまって。サプライズのつもりじゃあなかったのですが……」

「いいわよ、そんなこと。だったら早く来なさいよ。急いでタクシーつかまえて」

この一件で血圧が急上昇して実家に着いたら台所で倒れていた、なんてことがないよう祈りながら理沙子は慌ててタクシーに乗り込んだ。

ギギッと玄関ドアが開き、「いらっしゃい」と満面の笑みを浮かべた義母が顔を出した。九十近い老人とは思えぬほど色艶が良い。本当に具合が悪かったのだろうかと疑った。

理沙子の周囲をあちこちと動いていた視線が理沙子の目に固定されると、アラ一人なの？としぼんだ表情になった。義母はなんの疑いもなく芳之も同伴していると考えていたようだ。確かにいつも夫と一緒の帰省だったが、今回は通常の旅とは訳が違う。帰省ではなく捜索だ。しかし、それを義母に納得してもらうのはなかなか難しいかもしれない。

気落ちした義母は「マァ入りなさいよ」と言ってドアを大きく開け、さっさと中に入っていった。この様子では芳之はここには立ち寄っていない。あの落胆した表情は、どうして息子は一緒じゃないの、と言っている。何か行き先のヒントを得られればいいのだが、期待するのはやめた方がいいような気がしてきた。

築何十年にもなろうかという古い家だが、適度に手入れされていて高齢女性の独り暮らしとは思えない。庭というほどのものではないが、家の周りに植えてある樹木もほどよく剪定されていて、よくあるジャングル状態ではない。一人でこなしているのだろうかと理沙子は感心しながら玄関ドアを閉めた。

半畳ほどの玄関にキャリーバッグを置き、黒光りのする暗い廊下を進み、正面の和室に入った。現代のように採光や動線をよく考えた住宅ではないので、薄暗く廊下もクランクしていたが住みにくくはないらしい。昔からほとんど変化はなく、住人である義母とすごくなじんでいるような気がした。

「マァ入りなさいよ、暖かいから」と中央に置かれた炬燵を指さす。その上には半分以上のスペースに雑多なものが置かれていたが、義母にとっては雑多ではないのだろう。テレビの真っ正面、座椅子の置いてある一辺が彼女の定位置なのは一目瞭然だ。その左右にはテレビのリモコンやら新聞やらティッシュボックスが、たぶん合理的に配置されている。長時間座っていても全て解決できるように何年もかけて作り上げた完成形といえる。一種のモダンアートと言えなくもない。

義母の指定席の右隣に座ると、隣の台所から「どうしたの、一人で。芳之は仕事？」と、大きな声が聞こえてきた。

義母は芳之が仕事を辞めたのを知らず、今でもベテラン社員として会社の中核を成していると信じているはずだ。退社後、この件を義母に報告しなくてもいいのかと芳之に訊いた時、ウウンそうだねぇ、と曖昧な返事をしただけで長く保留状態が続いていた。そのうち2人ともなんとなくそのことに触れるのを避けていたため、こういう質問は想定外だった。一方、義母サイドでは嫁が一人で訪ねてきたら、いの一番に尋ねる定番の問いであると信じていた。

「やっぱり忙しいのね、お仕事」

丸盆にのせて持ってきた湯呑みを理沙子の前に置きながら、理沙子の返事も待たずに一人で納得した。足腰もしっかりしているし、多少独りよがりとはいえ脳の働きも衰えてはいないようだ。

「マ、マァ、そうなんですけど」とぎこちなく答えてから、アラこの先どう話を展開しよう、と思案顔になる。

「お義母さん、お声素敵になりましたね。別人かと思いました」

素直に感じたことを素直に話すのが一番だ。義母と言えば鼻声というイメージがあった。

「アァそうなの。知り合いがね、しそジュースつくってくれて、それ飲み始めてから調子いいのよ。カラオケも絶好調よ」

ウォーミングアップ終了。

「そ、そういえば、お義母さん、お体の加減本当に大丈夫なんですか?」

脈絡があまりなかったが、軽い変化球で様子を見てみることにした。さっきの電話の後ってことで変に思われることはないだろう。

「エェ、時々ピリピリするけどね。何か可愛らしい名前の痛み止めもらってるから問題ないわ」

なんていう痛み止めか興味があったが、話の本筋とは遠くかけ離れてしまうので名前を訊くのを我慢した。

「よかったですね。私の友だちなんかおでこにできちゃって、治ってからも1年以上頭痛が取れないって言ってました。お義母さん、お若いから」

湯呑みに口をつけながら、どうしたら芳之失踪の衝撃を最小限にして伝えられるかを考える。

「まあね。今ね、グループホームにお手伝いに行ってるのよ。ボランティアでね。私よりずっと若くても認知機能が低下しちゃってる人って多いのよ」

「すごいですねぇ」と感心したものの、そりゃそうだろなという気持ちが勝っていたため上辺だけの言い方になってしまった。本人だけがそう信じているだけで、お手伝いではなくお世話になっているのかもしれず、真偽のほどはわからない。

嫁の疑惑を知ることもなく、義母は満足そうにお茶をすすっている。

「お義母さんご自身は介護認定を受けたりしているんですか？　芳之さん、とっても心配してました、お義母さんの体のこと」

頭の方は大丈夫かとは口にせず、気を悪くしないような大局的な表現に留めた。

義母はウンウンと頭を小さく振りながら「マァ今のところ、自分のことは自分でなんとかなってるからね。介護はまだいらないかな。この齢で自立ってのも変だけど」と自虐ぎみに答える。

「それで、1週間くらい前に、休暇が取れたから鳥取に行ってみるかなって話してたので、こちらに伺ってるかと思って来てみました」

できるだけさり気なく悪意のない嘘を混ぜながら核心に近づこうとした。

「アラ、そうだったの。電話でもくれればよかったのに」

「何度かしたのですがお留守のようで。入院でもしてしまってたら大変だと思って」

「ゴメンなさいね。メールでもよかった……アレ？　メルアド知らなかったっけ。このところ家を空ける機会が多くてね。週に3日はボランティアやら何やら。アァ、先週は市の街づくりのワークショップにも参加してたんで帰りも遅かったわね」

どれだけエネルギッシュな米寿だとあきれたが、芳之がいなくなった事実から遠ざかってしまった。

「それで芳之さんはこちらには伺っていないんですよね」

方向転換をしようとリスクを帯びた少しばかり明確な質問をしてみた。

「エェ、来てないわよ。連絡もないわね」

余裕たっぷりに答えた義母が、突然湯呑みをドンと置き、上体を引いた。

「まさか……何かあったの？　行方でもわからないの？」と目を剥き、もともとつぶらな瞳がさらに拡大し、目の周りのシワが消えた。

どんなに策を弄しても、失踪の事実がわかれば驚くに決まっている。収束地点は一つだ。

「……ハイ……」

消え入りそうな声で返事をした後、理沙子は体を縮こまらせて自分の不手際のせいでそうなってしまったと全身で表現しようとした。理由は未だにわからないが、義母の手前そうするしかない。

「いつからいないの？」

やっぱりその質問か、と理沙子は答えに窮した。

「ハイ、5日前から……でも捜索願も出しましたし、やることはやってます」

やることをやったかどうか自信がなかったが、こう答えるしかない。届け出の時のイケメン君との顛末を語るほどの余裕は当然ない。

「そうなのー、じゃあ思い当たるところには行ってないのね。あの子の性格ではそんなに行動範囲は広くないと思うのだけどね。でも、もし……」

愛する息子の失踪にもっと慌てふためくと想像していたが、驚いたのは最初だけだった。最悪、あなたがしっかりしていないからよ、と罵声を浴びせられるのも覚悟していたが、わりと冷静にしている。首を傾げて何を考えているのだろう。

「5日前かァ……手間どっ……か……」

5日前というのは聞こえたが、残りはボソボソと口の中だけで消えていって聞き取ることができなかった。

義母は顔を上げると、

「今までだって一日二日家を空けることあったでしょ、出張とかなんとかで」と楽観的な質問をしてくる。

「エェ、マァ……」

少なくとも今回は出張ではないんですけど、と胸を張って言い切れないのが辛い。

「ちょっと長いんですよ、今回のは。それに『行ってくる』っていうメモしかなくて、どこへ行くとも何しに行くとも書いてなくて」

「そう。気になるわネェ。最近はいやな事件多いし」

まるで他人事のように義母は落ち着いている。

「新聞読んでもテレビ見ても毎日毎日いやな事件ばっかり。昔はいじめだって明るかったわよ。今みたいに陰湿じゃあなかった。目には見えないけど、邪悪でおぞましい意志があっちこっちで渦巻いているのよ。妖怪や幽霊なんて、それに比べたら可愛いもんよ」

楽しく余生を送っているものとばかり思っていた義母が、こんなにも世の中を憂いていたのかと理沙子は胸がいっぱいになった。義母が真剣な眼差しで語った懸念には共感するところがおおいにあった。昨夜電話をかけてきた理香の友人だという男にもほぼ同じ内容の説教をしたばかりだ。転生できるほど老齢の義母が、理沙子と同じような危惧を抱えていることは大きな驚きだった。

……でも……芳之とどういう関係があるの？　当面の課題はあなたの息子の所在でしょ、と理沙子の本能が囁いた。

「ゴメンなさいね。齢を取ると論点がずれて修正しづらくなっちゃうのよ」

理沙子の思いを感じ取ったのか、自分が感情的になってしまったのを恥じるように義母は小さく頭を下げた。体が少し小さくなったように見え、力説していたちょっと前の義母と大きなギャップがあり、理沙子は可愛いなと思う。

「でも、たぶんあの子だったら大丈夫。無事帰ってくるから。多少はダメージが……」

なんの根拠もない〝大丈夫〟だったが、我が子への信頼はどんな裏打ちをも必要としないのだろう。それにしても、また語尾が聞き取れなかった。

「それならいいんですけど……捜そうにもどこを捜したらいいものか」

「そうよねぇ。心配よね、事情がわからないって」

「どこか心当たりありませんか」

夫の母親とはいえ何年も会っていない人に訊く質問ではなかったが、理沙子の知らないことを知っているという可能性もある。

「ウーン、あ、ちょっと待ってね。知り合いで一人そういうの……陰陽師……くずれが」

「おん……みょうじ……くずれ？」

おんみょうじって、あの？

陰陽師だけでも十分に怪しいのに、くずれてるのか。

「ひょっとして占ってもらうとか……」と言い終わらないうちに義母は理沙子を手で制した。耳に当てたスマホを左手で覆い、ひそひそ声で理沙子に話しかける。

「見た目は頼りなさそうに見えるけど、けっこう当たるって評判なの。マァ占いって範疇に留まっちゃうんだけどね。でも、まるで手がかりがないよりはいいんじゃない？」

あんまり変わらないような気もしたが、義母が勧めてくれるのに無下に断るわけにもいかない。

「アッ、ナベちゃん、実はね……」とケータイに話しかけながら、義母は台所の方に移動していった。電車に乗っているわけじゃないのだから別にここで話してもらっても支障はないのにと思ったが、単に習慣で無意識に動いたのかもしれない。

時々アアーッとか、そうなのよとか、少々大きめの声が聞こえてくる。本当に元気で溌剌とした感じさえする。介護など私には不要だというのも十分頷ける。

話が終わったらしく、ガタガタと物音がして小型のポットを持ってきた。ちょっと待ってて、と言って急須に湯を注ぐ。

「どうしてそんな珍しい方とお知り合いなんですか？」

義母が急須の蓋を閉めるのを見ながら理沙子は訊いてみた。

「アア、さっき話したでしょ、街づくりのワークショップ。そこで知り合いになってね」

街づくりのワークショップに陰陽師さんが参加してるのかと、鳥取市の懐の広さに理沙子は感心した。いったいどんな会合なのだろう。

そうだそうだと両手を軽くたたきながら、また炬燵から出て台所に向かった。またガサゴソとした音が聞こえ、小さな赤い箱を持った義母が戻ってきた。

「お茶菓子あまり置いてないので、これでいいかしら」

そう言ってその赤い箱を炬燵の上に置いた。

「これだけは好物でね。欠かしたことないのよ」

……ポッキーだった。

器用な手つきで箱を開けながら、いかが、と差し出した。

それが原因で昨日大変な思いをしたとは話せなかった。ポッキーにも義母にも罪はない。

1本だけ抜き取る。

理香とは血がつながってはいないのに不思議なこともあると真剣に考えた。

いただきます、と口に入れようとした時、アッと理沙子は自分の不手際に気がついた。

「お義母さん、すみません。私、なんの手土産も持たず、手ぶらで」

理沙子は一気に顔の表面温度が上がったのを感じた。いい年をして、こんな失礼な真似をして……東京駅でいくらでも買えたのに。シウマイ弁当を忘れたのはどうでもよかったが、これはまずい。とらやの羊羹が無理なら何とかバナナでもよかったし、東京駅限定のお土産だって山ほどあったはずだ。何年かぶりに訪問した夫の実家に土産物一つ持たずに来るとはなんたる無作法者だ。考え事をしていたせいで、などという言い訳は通じない。義母は何も非難するような態度を見せてはいないが、嫁の非常識をひそかに嘆いていることだろう。

「いいのよ、そんなの。それに、お茶菓子なんてあまり食べないし。糖質制限してるのよ、健康のためにね。お国のためにもなるし」

痛烈な皮肉を言われるものと覚悟していたが、目じりにシワを寄せておいしそうにお茶をすすっている。糖質制限もまんざら嘘ではないのかもしれない。

「でも、これだけはやめられなくてね。一日に10本までって決めて楽しみに食べてるの。本当はアーモンドクラッシュっていうのが好きなんだけど、なかなか手に入らないのよね」

そう言ってニッコリすると、愛しそうに口に放り込んだ。やはり理香とどこかで血がつながっているに違いない。

事が解決したら、アーモンドクラッシュポッキーを1年分段ボール箱に入れて義母に送ろう。限定のがあれば、それもおまけで送ろう、と理沙子は気をつけながらポッキーを1本口に入れた。

「そんなことよりさっきの話ね。話が通じて、力になりますって言ってくれたから会ってみて。ネコの手くらいの手助けはできると思うから」

このところ、占い師だの陰陽師だのと現実味の乏しいキャラクターが登場してくると理沙子は不思議な気がした。あのイケメン宇田君は現実だったのだろうかと疑うほどだった。

「さっき駅前のスタバに寄ったって言ったでしょ。そのあたりにいるらしいわ」

「そのあたりって……スタバで待ち合わせじゃないんですか」

「ウーン、人見知りなのよね彼。コーヒー頼む時に『いらっしゃいませ、何になさいますか』って女の子に元気よく挨拶されると足がすくんじゃうらしいのよ。それと、未だにショートとトールがよくわからなくて、スタバにはアレルギーがあるみたいね」

「ハァ……」

「そうそう、アレルギーっていえば、さっき話したしそジュース作ってくれたのは彼なのよ。感謝よねぇ」

代々伝わる秘密の調合でつくっているのかしらと理沙子は半信半疑のまま「秘薬かもしれませんね」と答えた。

義母が親切に紹介してくれたのでマァ会ってみようとは思ったが、あまり乗り気にはなれなかった。人見知りの陰陽師って想像がつかない。

そもそも陰陽師というのがどういう人なのかわからない。芳之の小部屋でそういう題名のついた本を何冊か見かけてはいるが、興味がないのでパラパラしただけだ。勝手な想像で、占いやらお祓いをする神職みたいな人で、時々エクソシストみたいな仕事をしているとの認識しかない。少なくとも、水晶玉に手をかざしたりタロットカードを並べたりはしないだろう。

それ以前に、この現代に陰陽師って本当にいるのかしらと理沙子の猜疑心が囁いた。マァとにかく会ってみよう、少なくともマイナスにはならないだろう。なんでもいいから理沙子は手がかりが欲しかった。

別れの挨拶もそこそこに理沙子はまたキャリーバッグを引き出した。別れ際に「置いていけばいいでしょ」という義母に、「どこかにまた移動するかもしれません。早く追いつかないと大変な……」と言葉を濁す。残りわずかな、冷静さが義母の脳血管を思いやった。

スタバのそばでタクシーを降り、陰陽師ってどんな格好をしているのかしらとガラという音を立てながら歩いていると、「あのー」と後ろから力のない声がした。ン、と振り返って見ると、さっきのキタローをイメージした男が頭を右下にして上目遣いで理沙子の顔を窺っていた。

「またあなたなの。私は心配ないから自分のこと心配して。これから大事な用があるからつき合ってられないの」

「……さんですよね、東京からいらした」

今度は肝心の最初の部分が聞き取れなかった。話し始めの時の呼吸のタイミングがうまくつかめていないようだ。

理沙子が怪訝な顔をしていると、少しボリュームアップした声で言った。

「仙崎のご隠居さんにお話を伺ったのですが」

エッ、まさか、と理沙子は驚く。義母が連絡を取っていたのはこの男なのか。仙崎というのは義母が住んでいる地名だし、確かにご隠居さんには違いない。

「おん……みょうじ……さん？」

「……のようなものです」

表情はあまり変わらなかったが、右手を額のあたりに入れて指をコソコソと動かしたので、きっと照れているのかもしれないと理沙子は推測した。それにしてもどうして私だと気づいたのだろう。早くも術を使ったのか。そうだとしたら、なかなかの手練れだ。

「ア、白と黒のしま模様のガラガラとやかましいキャリーバッグを引っ張ってるからすぐわかるとおっしゃってましたから」

なるほどそういうことか、と理沙子は評価レベルを数段階落としかけたが、どうしてあの時の自分の境遇がわかったのかとまたアップした。

「ハァー、なるほどね。他に私の個人情報言ってた？」

「イイエ、特に……ご主人がいなくなったことくらい……」

仕事を依頼するんだからこの情報漏洩は仕方ないかとも思ったが、なんともすっきりしない。

「ごめんなさいね。あなたのこと何も……陰陽師ってことくらいしか知らないので信頼して話す気になれないの。さっきの第一印象とんでもなく悪いしさ。突然背後から死にかけの人みたいな弱々しい聞き取りにくい声かけられたら誰だって引くでしょ。妖怪ぬらりひょんに首すじを指圧されてるような気分になってゾクゾクしたのよ」

自分でも不思議だったが、突然水木ワールドが頭の中で展開した。この男の外見のせいに違いないが、子どもの頃に理香と妖怪ごっこをしたのを思い出す。今考えれば、2人ともオーソドックスな女の子ではなかったのかもしれない。

「ウッ……」

うまい表現をされたのでドキリとして息を吸ったのか、嫌なことを言われて気を悪くしたのか評価の分かれるところだ。

「スミマセン。どうしても自分から声をかけるってのが苦手なもので……」

「じゃあ、どうしてあんなことしてるの。怪しい者ではありませんって言ったところでどう見ても怪しいでしょ」

「いろいろ理由《わけ》あり……なんです。お話ししないといけないんでしょうか。お時間をいただくようになってしまうのですが」

「そんなにいっぱい理由があるの。じゃあいいわ。そんなにゆっくりしてる暇ないのよ、悪いけど」

「スミマセン、端的に話すのって苦手で……」

ずいぶん苦手なことの多い陰陽師だが大丈夫なのだろうか。お義母さんはこの男のことをどこまで知っているのだろうか。

「ま、お義母さんの紹介だもの、信じるわよ」

下を向いて小声でしゃべる相手にいろいろと高圧的に問いつめるのは、傍から見ればいじめているようなシチュエーションだ。理沙子は少々テンションを下げた。

男は体を小刻みに動かして下向きの顔を左右に振っている。どうも自分から話そうという意思が感じられず、仕方なく理沙子は「ネェ、ここじゃあなんだから中に入らない？」と言って後ろのシャレた建物を指さした。

本日二度目だが、ここのスタバもワンモア可能かな、とレシートを探す。夫が行方不明、ほとんど未知の土地、しかもほぼ初対面の男とお茶しようというのにワンモアを考えてしまうとは……人間ってそういう性《さが》を持っている生き物なのだなと理沙子は自己擁護する。

男は一時躊躇したような仕草をしたが頭を上下し、同意を示した。

「お義母さんに聞いたけど、スタバは好きじゃないんですって？　なんなら他でもいいのよ」

いろいろとトラウマを抱えていそうなこの男に、さらなるストレスを与えてしまうのは忍びなかった。最初に受けた胡散臭さのせいでズケズケとした物言いをしてしまったことを少しだけ反省しながら訊いてみた。

「イエ、いいんです。その代わり、ア……スミマセン、こんな言い方して……その代わりでもなんでもないんですけど、お金は出しますから注文していただけますか？　どうもうまく注文できなくて」

「いいわよ、私がおごるから。話を聞いてもらうのは私だし、それくらい」

ガラガラという音の後ろから、男は滅相もないというように頭をふりふり、理沙子に付いていく。

世界展開しているあのスタバが満を持してオープンした都会的な外観の店に入ると、いらっしゃいませぇ、と元気な若い女の子の声がした。理沙子は背中のあたりの空気がかすかに揺れたような気がしたが、気のせいだと思うことにした。

「これでいいかしら、お昼にいただいて二度目なの」

「ハイ、ワンモアですね、もちろんです。マグでお渡しししていいですか？」

理沙子の背後で縮こまっている男の存在に気づかなかったのか、そちらのお客様は、とは訊かれなかった。他の人には見えていないのかしらと振り向くと、よろしくどうぞと小さな目が懇願していた。あなた何にする、と仕方なく訊いた。

「……じゃあ、キャラメルホワイトモカを。キャラメルソース増し増しで」

耳打ちするように理沙子の耳もとではっきりと発音した。理沙子は目を剥く。

「ア、増し増しは無料ですから」

図々しいヤツだと勘違いされたと思った男は慌てて言い足したが、勘違いしたのは男の方だった。スタバは苦手だと言っておきながらラインナップは熟知しているようで、しかも無料とはいえ生意気にもカスタマイズを要求した。コイツ、本当にスタバはイヤなのか？

よくもこんなオーダーを活舌よくスラスラと……。

「ネェ、本当は隠れスタバファンなんじゃない?」

隠れキリシタンみたいに隠れる必要はないんじゃないかと思ったが、とりあえず訊いてみた。

男は首を小さく振りながら、「あのー、中サイズで」、と質問を無視した答えをする。

「……ったく」と聞こえないくらいの舌打ちをすると、「エーと、キャラメル何」、と後ろを振り向きながらつっかえつっかえオーダーを終えた。

「ハイ、少々お待ちください」

理沙子のコーヒーはすぐに出てきたが、キャメルソース増し増しのキャラメルホワイトモカは少しばかり時間がかかる。なにしろスペシャルなのだ。この男一人で取りに行くことは無理だなと判断し、これ持ってどこかその辺に座ってて、と自分のコーヒーを渡した。

男は両手で大事そうに受け取り、キョロキョロと店内を見回し一番端っこの空いている席にそろそろと向かった。やっぱりここじゃあない方がよかったかな、と増し増しが出来上がるのを待ちながら理沙子は後悔した。

出来上がった増し増しを持って席に着くと、男はあのーと言いながらリュックの中に手を突っ込み、おいくらですかと財布を引っ張り出した。

「いいですよ、私が話を聞いていただくんだから。それよりここ居心地悪かったら他でもいいわよ」

「イイエ、大丈夫です。最難関をクリアしていただいたし席もいい席で……。でも……ごちそうになっちゃっていいんですか」

理沙子は「遠慮なく」と言う代わりに、右手でどうぞの仕草をした。

男は小さく頭を下げると財布をしまい、そっとカップを手に取り、はみ出るほどのクリームを愛おしそうに見つめた。心なしか涙目になっている。ひょっとしたら飢えていたんじゃなかろうか。

カップに口をつけると一旦静止し、ゆっくりと一口飲んだ。味を確かめるような飲み方だったが、一瞬のうちに表情が緩む。

面白そうなので、理沙子はしばらく観察することにした。男はカップを持ったまま2回頭を上下した後、静かにテーブルに置くと、フーッと聞こえるか聞こえないかの満足げな息を吐き、半分髪に隠れた目を閉じた。目の前に理沙子がいることなどおかまいなしに恍惚の表情をする。この人もこういう顔するんだと理沙子は感動に近い感覚を覚えた。興味のある顔ではなかったので今まで断片的にしかこの男の顔を見ていなかったのだろう。インパクトが弱いのか強いのか、よくわからない顔でもあった。

理沙子に見つめられているのを感じたのか、男は無防備な表情を慌てて修正した。頬のあたりが少々赤らんでいる。

「スミマセン、あまりにおいしかったもので」

「いいじゃないの、おいしいものはおいしいんだから。素直な感情を表した方が楽でしょ。陰陽師だからってそんなにストイックになることないんでしょ」

「エエ、そうなんですけど。もう一口飲んでもいいですか」

「いちいち断ることないわよ、なんならお代わりすれば」と太っ腹な母性を見せびらかしたすぐ後で、アレこれはワンモアできないんだっけと超現実モードに戻った。

そんな理沙子の気がかりも知らず、男はまたさっきの表情をして口もとにカップを近づける。条件反射らしく表情筋が勝手に動いてしまうらしい。可愛いもんだと理沙子はワンモアした自分のコーヒーを一口飲んだ。

「それはそうと、私、あなたのお名前訊いていなかったわよね。なんとお呼びしていいのかしら。陰陽師さんだって普通の日本人の名前あるんでしょ」

理沙子は陰陽師がどこぞの国から帰化した人でもあるような訊き方をした。

アッ、ハイ、とかしこまりカップをテーブルに置いて、「田辺っていいます」と丁寧に頭を下げた。またサラサラ髪がなびく。

「あのー、名刺は持ち合わせていないんで……スミマセン」

名刺を配っている陰陽師はまるで想像できないし、仮に持っているとしたら肩書きに陰陽師と印刷するのだろうか。

「いいわよ、営業職じゃあないんだから。たなべさんって一番普通の田辺さんでいいのよね」

「ハイ、田んぼに平行四辺形の辺です」

ここで平行四辺形を持ち出さなくてもいいと思うのだが、いつもそういう説明をするんだろう。わかりやすくはある。

「じゃあ田辺さん、大筋は義母から聞いてると思うんだけど何か心当たりある？　アァ、田辺さんってお呼びしていい？　それとも陰陽師さんのほうがいい？」

「イエ、田辺でけっこうです。ナベちゃんでもいいですが。心を許した方には……」

私には許しちゃうわけ、心を。スペシャルコーヒー一杯おごっただけで。複雑な気持ちになる。

「そんなの失礼だから田辺さんてお呼びするわ」

「恐縮です。ところで私はなんとお呼びしたら……？」

「あーそうよね。りさこって呼んで。みんなそう呼んでるから」

うつむき加減だった顔を上げ、田辺は小さな目をわずかに拡大した。

「そんな……親密な呼び方していいんですか。私、女性のこと名前で呼んだことなくて……でも嬉しいです」

表情の変化が少ないので明確ではないが、どうもはにかんでいるらしい。けっこう可愛いとこあるなと理沙子の母性がまた顔を出した。

「そうそう、あの時、替わり目とかなんとか言ってなかった？　何かモヤモヤしていて嫌なのよね。まずはそっちから解決したいんだけど」

理沙子はずっと気になっていたことをあえて訊いてみた。マニュアル通りのセリフに違いないとは思ったが、あまりにも今の自分にフィットしている。本当にこの目の前にいる男が理沙子の抱えているトラブルを言い当てたのなら、何がしかの能力を持っていることになる。義母が紹介してくれたのも強ち間違ってはいないのかもしれない。

両手でカップを持って例のスペシャルを飲もうとしていた動作が止まり、テーブルの上に音もなくカップが置かれた。

「そうでした、スミマセン。失礼なことをしてしまいました。簡単には信じてはもらえないとは思うのですが、僕には少しばかり変な力があって……理沙子さんに関しては感じるところがあったんです。一見楽しそうに見えるけど何か困ってる、何か思い煩ってるって……」

本当にそうだとしたら見かけによらず使える男なのかもしれないと理沙子はまた評価を上げた。

「義母《はは》に聞いたから後付けしたんでしょ」

容易く信用するわけにはいきませんよと少しばかり意地悪をした。

「イイエ、そんなことはゼッタイ」と言って田辺は両手を広げて左右に大きく振った。出会ってから一番のアクションだ。たぶん最大限に近いくらい目を開いている。サラサラ髪も行ったり来たりを繰り返している。

「ウソよ。そんなことちっとも思ってないから」と宥めたが、少しはそう思っていて、かわいそうなことをしたなと反省しながらコーヒーを一口飲んでごまかした。ようやく会話らしきものができてきたなと感じていたが、また田辺は縮こまっている。

「ネェ、冷めちゃうわよ。なんだっけ、それ」

「ハ、ハイ。キャラメルホワイトモカのキャラメルソース増量です」

フルバージョンじゃなくてもいいだろとめんどくさい気持ちになりかけたが、細かいことが気になる男だというのは理解してきていたので、そうだったわねと気のない相づちを打った。

田辺はそっとカップを持ち上げ、残りの量を確認するように中を覗いてから二口飲んだ。また満足げな表情になる。

「ところでやっぱり陰陽師って本当なの。イエイエ疑ってるわけじゃないのよ」

ちょっとした不用意発言でまた引きこもられては話が進まない。理沙子は慎重に言葉を選ぼうとする。

「……ハ、ハイ。一応はその流れらしいんですが……。でも陰陽師ってなかなか堂々と公言できないんです。現代にそんな人いるの、食わせもんじゃないのって言われちゃいますから。ひどい人は結弦クンみたいだったら信じるけどねって。それって完全にハラスメントですよね」

田辺流に憤慨しているようだったが、供え物でもするように静かにカップを置いた。

「そうよねぇ。悪いけど私もそう思った。でも義母が推薦してくれたのに断るわけにいかないでしょ。正直言うと、さっきのあの『替わり目のヤツか』ってがっか……」と言いかけて、ここで正直発言をする必要はないなと抑止力が働いた。下手すると地雷が待っている。

「そうですかぁ、やっぱり。第一印象はとても大事だってことは理解してるんですが、これ以外持ち合わせがなくて……しかも陰陽師ってダイレクトに言っちゃうと皆さん同じような反応で、いつも引かれてしまいます。烏帽子をかぶったあの衣装を着てないといけないらしくて。でもあの格好で街頭に立ってたら職質必至でしょ。ハロウィンの時はアリかもしれませんけど」

陰陽師には陰陽師なりのジレンマがあるらしい。

「大変な思いしてるのねぇ。私も義母に陰陽師って聞いた時には、何ソレって思ったものね。確かにハラスメントよね、一種の」

そう言ったものの、芳之の部屋で机の上に載っていた本をパラパラとめくった時に描いてあったイラストを思い出すと、でもあれがステレオタイプなのよねぇと100パーセントの同意はできなかった。

首をフリフリして田辺が自虐ぎみに「仕方ないと思いますよ、今どき陰陽師なんて」と力なく言った。再び底なし沼に足を踏み出しそうになっている田辺を早いうちに救出しないと、また会話が成立しなくなってしまう。理沙子は、前座の落語家のつまらない話にハハハと笑ってあげる心優しき客になろうとした。

「でもね、陰陽師って映画にもなったじゃない。見たわよ私。テレビで放映されたやつだけどね。カッコいいじゃない、あべの……誰だっけ?」

「あべの……せいめい……ですか」

「そうそう。蝶々とか鬼? だっけ、なんか術使ってたでしょ。クールでさ」

「やっぱ……そっちですよね」

盛り上げようとしたつもりがうまくいかなかったようだ。今度は、観客を上手にのせられなかった前説芸人のような気分になる。

「……違うの?」

「エエ、マァ、晴明とは関係あるみたいですが」

「そうよね。陰陽師っていったら晴明よね。っていうか、それ以外の陰陽師って知らないもん」

「ハァ……」

小説や映画の題材にもなった人物の子孫なのだからもっと胸を張ってもいいだろうに、田辺はしぼんでいく一方だ。

「ネェ、もっと自信持っていいんじゃない。晴明のDNA持ってんだから」

理沙子にとっては精いっぱい励ましたつもりだった。

「エッ……」

田辺はうつむき加減だった顔を上げ、一瞬驚きの表情を見せた。今さらながらそこに気がついたのかと理沙子は田辺の鈍感さにあきれた。

「……でしょう。もっと自覚して自信持ってよ」

あなたのお父さんは東大教授なんだからあなただってやればできるわよ、と出来の悪い生徒を不用意に励ます女教師のようになる。

「ハ、ハァ」

相変わらず自信とは遠くかけ離れたトーンで答えにならない答えをする。

「でもね、私、本当のこと言うと陰陽師ってどんなことする人なのかわからないのよね。あの映画見てもなんとなくしか……わかりやすく言うと、エクソシストとゴーストバスターズではどっち寄りなの、陰陽師って」

じっとカップを見下ろしていた田辺は、亀のようにゆっくり首を振りながら顔を上げ、また斜め下に向けた。きっと正確な答えを見つけようとして考え込んでいるんだろうと理沙子は黙ってコーヒーを飲み、焦らないでいいからと念を送った。どっちが陰陽師かわからない。

「……なんとも自分にはわかりかねます。もともとは朝廷にお仕えしていた公務員みたいなもので、暦占いとかしてたみたいで」

エッやっぱり占い師なのと理沙子は驚いたが、幾分かはそうではないかと考えていたせいか表情に出ることはなかった。

「……そうなんだぁ。じゃあ、八卦とか水晶玉とか、まさかタロット使ったりしないよね。そんなの映画でやらなかったもんね」

田辺の表情は半笑いとがっかりの中間くらいの複雑な顔をしていた。こういう顔つきを見たのは出会ってから初めてで、理沙子はどういう顔をして会話を続けようか迷った。とりあえずぬるくなったコーヒーを口に含み、すっかり暗くなった窓の外に目をやる。

理沙子の視線を追った田辺は、暗くなっちゃいましたねと小声で言って、自分もキャラメルホワイトモカの最後の一口を名残惜しそうに飲んだ。空のカップを胸の前で抱えた後、また顔に近づけて礼をする。

「それで、私はどうしたらいいのかしら？」

そう言ってから芳之捜索のための肝心の話がどこかへ行ってしまっているのに気がついた。完全に失念していた。それに、この田辺という陰陽師がどう関わってくれるのかも義母から何も聞いていなかった。会ってみてと言われただけだ。理沙子も特に説明を求めずハイと答えただけだった。

「ハイ、嫁の力になってほしいと言われました。お義母《かあ》様には日頃お世話になっているので恩返ししたいですし」

一音半くらい音域を上げて、曖昧な顔が持ち味だった田辺が毅然とした言い方をした。小さめの目にもけっこうな力が入っている。

「個人情報になりますが、どうしても必要なのでご主人の情報と事の顛末を教えてください。今晩、どうすればいいか考えてみます」

ついさっきまでのオドオドとした態度ではなく、キリリとした目で理沙子を見つめた。心なしかキタローがコロンボに変身したような気がした。

理沙子は思わず、お願いしますと頭を下げ、ポーチの中から笑顔の芳之の写真と簡単な履歴を書きつけたメモを引っ張り出した。

「じゃあ、お預かりします。明日お返ししますので」

リュックを開け丁寧にしまい込むと、そうだと言って今夜は仙崎のご隠居のところにお泊まりですかと訊いてきた。そういえば義母は泊まっていきなさいとも言わなかったし、これからどうするのとも訊かなかった。そういうことには思いも及ばなかったのか、泊めるつもりはなかったのか、まるで忘れていたのか判断がつきにくいところだが、今からまた戻って無理やり寝具の用意をさせるのも高齢の義母を思うとできない話だった。

「そうねぇ、また戻るってのも面倒だから、この近くでビジネスホテルでも探すわ」

ウーンと唸った田辺は「だったらワークショップの知り合いで、ここからすぐのところに宿泊所をやってる人がいますから連絡しますけど」とニコニコ顔を向けた。

宿泊所という言い方に引っかかったが、せっかくの好意なので理沙子はありがたくお願いすることにした。この際、真夜中に鉈《なた》を研ぐ婆《ばば》がいる宿でなければ宿泊所でも民泊でもなんでもいい。自分で探すと言ったものの、一日の疲れが出てきてそんな気力はなかった。

役に立てるのが嬉しいのか、田辺ははにかむような顔を見せ、早速スマホを耳に当てている。

少しずつではあるが田辺との距離が縮まり、田辺自身もわずかではあったが親近感の欠片を見せてきていた。

しかし、では明日と挨拶を交わした後、「でも本当に私でいいんでしょうか。イヤになったらはっきりとおっしゃってください」と囁く。プロポーズを受けた後に本当に私でいいのと確認する自称重い女の子のように、下を向いて床に話しかけた。元の気弱な陰陽師に戻るのはあっというまだった。

田辺の紹介してくれた宿泊所はスタバのすぐ裏、歩いて2分ほどのところにあった。この裏ですからすぐにわかりますと指さした田辺は、理沙子を放置して闇に消えていった。

キタローの住んでいる藁ぶきの小屋のようだったら嫌だなと足取りが重くなったが、こぢんまりとした小ぎれいな宿だった。アプローチにはよく手入れされた植栽が足元灯に浮かび、玄関もきれいに掃き清められていた。その両側には目立たぬよう盛り塩もなされている。田辺という男、案外コミュニケーション能力が高いのかもしれない。

「お待ちしておりました。田辺さんから伺っております」

宿の主人らしき50がらみの男が挨拶に出てきた。数分の間に段取りが整ったようで、明日忘れずに礼を言おうと理沙子は田辺の顔を思い浮かべた。

サッ、どうぞお入りください、と三和土に下り、理沙子のキャリーバッグを抱えると、お疲れになったでしょうと言って完璧な笑顔を見せた。

理沙子がスリッパに履き替えていると、奥の方からまだ30代に違いない清楚な女が姿を現した。白のブラウスにグレーのスカートで落ち着いた雰囲気も、首もとに巻かれた派手な模様のスカーフで違和感増し増しだった。

いらっしゃいませ、とひどくかしこまったお辞儀をしてくる。理沙子が、突然ごめんなさいと軽く頭を下げると、両手をヘソのあたりに重ねてのせ、

「当館は家族経営の宿で、小さいながらもお客様がいらっしゃった時からお帰りになられるまで誠心誠意尽くしてまいる所存でございます。どうぞごゆっくりおくつろぎください」

とフラットな音程で説明し、そのままの姿勢でまた深く頭を下げた。文脈が少し変な気がしたがあまりにもよどみなかったので理沙子も合わせて会釈した。どこかで聞いたようなイントネーションだったが、思い出せなかった。

一人では十分すぎるほどの部屋に通されると、ただ今お茶をと言い残して主人はすたすたと軽やかに出て行った。余計なものは何一つ置かれていない簡素な部屋で、新しくはないものの居心地がいい。和と洋の違いはあるが、理沙子は芳之の書斎を思い出した。イヤ、あの部屋は居心地がいいとはお世辞にも言えないなと独り言ちた。

主人と入れ替わりに丸盆に急須やら湯呑みやらをのせて、先ほどの女が入ってきた。家族経営と言っていたのでたぶん奥さんなのだろうが、ずいぶん齢が離れている。愛人も家族とカウントするなら、それもアリだ。田辺とつき合っていたせいで会話にはかなり慎重になっていた。

東京からだそうですね、とお茶を淹れながら訊いてきたが、返事を待つ気はなかったようで、私も東京生まれなんですと続けた。

「あらそうですか。ところで女将さんですよね」と相手の立ち位置を確認するためのベーシックな質問をする。

「ハイ、夫婦2人で営んでいますので行き届かないところもいっぱいあって……どうぞ」

と湯呑みを差し出した。

アアッと急に手を打って、「主人とは20も齢が離れてます。齢がずいぶん違うので不思議に思われたんですね」と口に手を当てた。

齢が離れた夫婦だとは思ったが、怪しんだつもりはない。ましてやその点に関して尋ねようと思ったことなどさらさらない。呆気にとられた理沙子を尻目に、女将は「いいんですよ、個人情報なんて、あってないようなものですから」とニコニコしている。

「そうそう齢の差のことでしたよね。あ、どうぞお茶でも飲みながら気楽に聞いてください」

齢の差のことなんて訊いたっけ、と思ったが素直にお茶をすすった。郷に入れば……をないがしろにしてはいけない。

「主人は55、私は35でさっき申し上げたように20の差です。知り合ったのは10年前でその頃は主人の髪も豊かでしたが、いつの間にか淋しくなってしまって……イエ、これは関係ありません」

フフフ…と右手を口もとに当て一人笑いした。

「実は私、国内線のCAしていました。そこに主人が搭乗してきて、いわゆる機上の恋っていうアレです」

アァなるほど、と理沙子は女将が挨拶に出てきた時のあのお辞儀を思い出した。地上勤務になっても続けてるんだと感心する反面、どうもこの宿の雰囲気にはそぐわないのではとアドバイスした方がいいかと思案した。そうあのスカーフも……。

「実は、この宿は主人の兄が継いでずっと経営してきたのですが、ある日突然『鳥取砂丘にはＵＦＯの基地がある』と言い出して、毎日毎日砂丘に通い始めたのです。自分が研究して真実を追求しないと鳥取の未来はないと、宿の経営をほったらかしにして朝から晩まで砂丘のあっちこっちに穴を掘っては埋めるを繰り返し、そのうち宇宙人とコンタクトしないと解決しないと言い出す始末で……と義母が申しておりました」

アア、お義母さんがね。

「実は、その頃、主人と私は東京で大恋愛の真っ最中で幸せの絶頂だったのです」

右上方に視線を向け、思い出し笑いをした。

家族の内情を漏洩していたのは十分理解していたので、〝実は〟は不要なような気がしたが気持ちよく語ってくれているのでスルーした。

「大恋愛のお話しいたしましょうか？　それはとてもロマンティックで語るも聞くも恥ずかしいほどなのですが……」とまた口もとに手を添え、いかにも話したそうな目で理沙子を見た。役立ちそうもない情報を十分もらったのでこれ以上はたくさんだと思い、大丈夫ですと言葉を濁した。アラいいんですよ、遠慮なさらなくても……と女将はガッカリ顔を見せたが、「お兄さまもお忙しかったでしょうね、宿の経営とフィールドワークとで」と理沙子は話の流れを戻そうとした。

「……それがですね、義兄がどうにも変になってしまったから宿を継いでくれというオファーがきたのです。初めのうちは最低限の仕事はこなしていたらしいのですが、徐々に日本全国に長期出張するようになってしまい、宿も休業やむなしの状況になってしまったためでした。もう青天の霹靂っていうのがピッタリで。幸せな東京ライフを送るつもりが一転、スタバ未開地の鳥取に任地を変更せざるを得なくなりました。主人はあの通り優しくてイヤとは言えない質で、私も主人にぞっこんでしたので……ハイ、2人そろってこの宿を継ぐことにしたのです。義母の喜んだことといったら……」

大恋愛話を披露できなかったのが不満だったのかけっこうな長ゼリフをスラスラとすると、最後に感極まったのか鼻をグシュグシュさせて派手なスカーフを目に当てた。理沙子も自分の鼻を指でまさぐった。アラ、もう治っている。

「実は、その義母も昨年他界しました。主人は、一番の親孝行ができてよかった、と申しております」

グスッグスッと二度鼻をすすった。

鳥取砂丘に憑りつかれたお義兄さんやお義兄さんの家族はどうしたのか興味はあったが、一見の客の自分が訊くことではないと身をわきまえ、大変でしたわネェとひどくオーソドックスな返答をするに留めた。

理沙子の合いの手で我に返ったのか、アラ私何をお客様に話してたのかしらと赤面する。

今さら……の感が部屋中に飛び回った。

「申し訳ございません、おしゃべりがすぎて。主人にも、おまえは余計なことをしゃべりすぎるから気をつけなさいといつも注意されているのです」

またその余計なことが始まりそうなので、理沙子は「お風呂は入れますか」と超現実的な質問をした。女将は慌てて「ハ、ハイ、もちろんです」と答えた後、また直立姿勢を取り風呂場の場所やら非常口の位置を例の両腕を存分に使ったボディーアクションで語り始めた。その無機質な説明を聞きながら、救命胴衣が完備された風呂場を理沙子は思い描いた。

10　鳥取――コンフュージョン

翌朝、元CAの女将の大仰なお辞儀と、優しくてイヤと言えない主人の完璧な笑顔に送られ宿を出た。

脱衣所にAEDは置いてあったが、もちろん風呂場に救命胴衣は置かれていなかった。マァ救命を目的としているのだから似たようなものだろうなと理沙子は湯船に浸かりながら変な納得をした。たまには一人旅もいいもんだと、自分のミッションを忘れた一瞬だった。

角を曲がったところで左後ろから「おく……さん」と囁くような声がした。振り返ると陰陽師田辺が立っている。なんの気配も感じなかった。

神出鬼没なのも陰陽師のスキルなのか。

「何よ、どっから出てくるのよ。それになんで奥さんなのよ。昨日名前教えたでしょ」

田辺に連絡を取ろうとバッグの中をまさぐっていたところだったので、驚いてついついスパイシーな大声になる。

田辺は昨日と同じ格好をして昨日と同じように下を向いている。早朝の寒さを物ともせずやはり薄手のスーツ姿だ。コートの一つでも羽織ればと心配したが、そうなったらそうなったで、一昔前の靴底を減らして捜査する刑事を思い起こしてしまう。

「……ハイ……り、りさこ……さん……です」

消え入るような声で答える。

「昨日お会いしたばかりで、次の日にお名前で呼ぶのははばかれまして……」

「名前でいいって言ったわよね。決めたでしょ。でもあなたがイヤだっていうなら、奥さんでもアンタでも、なんならオバはんでもいいのよ」

スタバの一件でこの人見知りの陰陽師と少しは距離をつめられたかと安堵していたが、理沙子の見込みは甘かったようだ。受験間際になっても進学校を決められずグダグダしている男子中学生を叱っているヒステリックな女教師のようになってしまった。

朝の通りの一隅でこの状況は自分にとって明らかに不利だと感じた理沙子は、パワハラだと勘違いされないように語気を弱め、小さくなっている田辺の肩をポンポンたたいた。

「お宿まで紹介していただいて感謝してるのよ。今あなたに電話しようと思ってたところに突然声かけられてびっくりしちゃって……大声出してゴメンなさいね」

この男には優しく接しないといけないと昨日学習したはずなのに、芳之の失踪以来イライラが募っているせいか、これがなかなか難しい。いくら手助けを買って出てくれたとはいえ、どうして顔色を窺ったり愛想を振りまいたりする必要があるのだろう。しかし、自分の感情をコントロールし上手にやっていかなければ、なんの進展も望めない。力になってくれるからという根拠があまり感じられない義母の一言だけが一縷の望みだった。

「イエイエ、私が悪いんです。奥さんなんていうハラスメントみたいなこと言っちゃったから。これから気をつけます……りさ……こさん」

田辺は頭が膝についてしまうほど上体を曲げて謝罪する。体が十分柔軟なのはわかったが、それより誰かが動画でも撮っていないかと理沙子は辺りをキョロキョロと見回した。危機管理のエキスパートに教えてもらったようなお辞儀を数秒した後、田辺は体を伸ばし顔を理沙子に向けた。

「ナニ、どうしたの、その顔」

お世辞にもいい顔色だねと言えなかった顔が、今朝はもっと青白くなり血の気がほとんど感じられない。どう見ても健康的な顔色ではない。露出している左目は真っ赤で生気が見られず、小ぶりの鼻も息をしているような動きがない。唇はカサカサでリップクリームを貸してあげたいくらいだ。体も一回り小さくなってしまったように見えたが、かしこまっているせいかもしれない。変化のないのは……サラサラ髪ぐらいか。

「大丈夫なの？　ずいぶん変化しちゃったけど」

田辺は自分の顔を右手でぐるりと撫でまわし口もとを押さえた。

「……」

たぶん大丈夫です、と言ったのだろうと理沙子はそのモゴモゴを解釈した。なんとなくではあるが田辺の精神構造を理解できてはきている。

「……いろいろと調べものをしていて……カンテツなんです」

そう言われれば眠そうでもある。伏し目がちの小さな目が時々ショボショボしている。

「何調べてたの、そんな徹夜してまで」

「……エエと、ご主人のことを」

田辺をジッと見つめていた理沙子の顔つきが変わった。

ここは感謝の言葉を並べ立て、場合によっては涙を流して「そんなにしてまで主人のことを」と感激しなくてはならない場面だったが、理沙子の口から出たのは「それで何かわかったの？」……だった。

田辺自身も理沙子からの謝意を期待してはいなかったので、エッなに、そこなの……と落胆することはなかった。冷静なのか鈍感なのかよくわからない。

「ハイ、ほんの少しですが。すごく、すごく言いにくいのですが……」

じらしているつもりはないのだが、単語と単語の間が長くなっていかにも言いづらそうに聞こえる。やはり芳之はなんらかのトラブルに巻き込まれてしまっているのかと理沙子は目力を使って田辺に先を促した。理沙子の眼力を正面から受けた田辺は、やっぱりいいです、とまたウジウジし始めた。

「いいから言ってみて。驚かないから」と理沙子は気丈にも言い放った。理沙子の勢いに負け、田辺は目をギュッとつぶり答えた。

「もしよければスタバでお茶しながら話しませんか？」


何にするの？　と訊かれた田辺は、昨日と同じものをと答えた。

「よく覚えてないわよ、なんか長い名前だったのしか」

「だろうと思ったので書いてきました」と言ってポケットの中から小さな紙きれを取り出した。きれいに四つ折りにたたんである。理沙子が面倒くさそうに開くと、芳之に匹敵するような達筆で〝キャラメルホワイトモカキャラメルソース増し増し〟と書いてある。気持ちを盛り込んでいるのか〝増し増し〟は筆圧が強い。理沙子はあの〝行ってくる〟のメモを思い出してしまう。どこで何をしているのだろうと一瞬感傷に浸った。

どうしました……と田辺が耳もとで聞いてくる。なんでもないわ、と理沙子は広げたメモをレジ係の女の子の目の前に突き出した。

クッと笑われるのを承知でいたが、意外にも彼女は、大したレアものをご存知でと言ってメモを受け取った。さらに「準備できましたらお席までお持ちします」と田辺を見てフォトジェニックな微笑みまでつけ加えた。

田辺の白すぎる顔に急に血の気がさし、突然高熱を発したのではないかと思えるほど赤く染まる。額に手を当てて顔を半分隠したが、小鼻がピクピクと動いていて興奮状態にあるのは一目瞭然だった。

田辺お気に入りの角席にはPCを前にして座っている先客がいたので、仕方なく窓際のカウンター席に並んで腰かける。朝早くからスタバでPCはトレンドなのだろうか、と48歳の理沙子は不思議な気がした。

「本当はこういうとこ好きなんでしょ?」と理沙子は店内をグルリと見回した。

「エエ、実は」と田辺は色白の指で頭をかく。

「人見知りでうまく注文できなくて」

「だったらもっとわかりやすいのにしたら。普通のコーヒーとかラテとかだったらメニューを指さすだけで済むでしょ」

「ハイ、でもこれが大好きで……」

語尾まできちんと話さなくても理解してもらえると思っているのか、今日の田辺は一段と省エネ会話だ。

お待たせしました、と目の前に置かれたいかにも甘そうな泡々のカップを見ると、田辺の顔がくずれた。なんせキャラメルソース増し増しだ。

田辺は隣の理沙子がカップに口をつけたのを確認すると、お気に入りの増し増しをフーフーしだした。フワフワの泡が波打つ。二口ほど味わうと目を閉じ、また至福の表情を浮かべた。

そんなに好きなら弱点を克服して毎日でも通えばいいだろうと理沙子は田辺を横目で見たが、田辺には田辺の特殊な事情があるのだろう。陰陽師がスタバに入り浸ってはいけないなんていうお触れが出ている可能性もあるかもしれないし……。さっきまでの病的な顔を思い出すとかわいそうになり、もうしばらくは幸せの余韻に浸らせてあげようと、またしても理沙子の母性が膨らんだ。

横から見るとキタロー感は薄れるものの使えない中年男のイメージは拭いきれない。本当にこの男が頼りになるのだろうかと何度目かの疑問が湧いた。自称（だかどうかわからないが）陰陽師というものの、まだ一つも術は見せてもらってはいない。相思相愛の夫婦宿を紹介してもらっただけで、あれは術ではないだろう。

「……それで、言いにくいことって？」

もっと楽しむための時間をあげたかったが、茶飲み話をする目的ではなかったので心を鬼にして現実に引き戻そうとした。ブルッと一度体を震わせた田辺は理沙子の方を向き、左目をクルクルと回す。

スミマセン肝心なことを忘れてしまって、と謝りながらカップをカウンターの上に置き、両手を膝の上にのせた。

「たぶん9割の確率で、この鳥取にはいません」と自信たっぷりに宣言したが、理沙子もそれくらいは承知していたので田辺が期待していたと思われるリアクションをすることはなかった。

「……それで」

まさか言いにくいことってそれで終わりじゃないよねと先を促す。

「ハイ、9割のうちの9割は東の方にいらっしゃるようです」

9割の9割だと8割ちょっとか、理沙子は律儀に暗算した。それにしても面倒なヤツだ。

「フーン、それで……」

もう一つ催促する。

「ハイ、その9割は京都ではないかと……」

最初から京都にいる確率が高いと言えばいいものを回りくどいったらありゃしない……と少々荒っぽい気持ちになったが、具体的な地名が出てきたせいでなんとか怒鳴らずに済んだ。田辺にとってはこれが言いにくい話ということなのだろう。スタバで田辺スペシャルを飲みたくてそう言ったわけではないと信じたいが。

「……きょうと」

毎年恒例の京都旅行を思い出す。というより京都と言ったらそれしか思い浮かばない。

会社勤めの時も年に数度の出張はあったが、行き先が京都だった覚えはないし、京都との接点はあの旅行だけしか考えられない。

「ネエ、疑うわけじゃないけど本当に京都？」

ウーンと唸りながら考え込むように尋ねたせいか、田辺は困ったように首を8の字に回して自信なさげに、「ハ、ハイ」と答えた。自信たっぷりでなくともハが一つのハイだったら理沙子もその気になったのだが、田辺の返事はもろ想定したものだった。

「……そうかァ……」

少しは心当たりのある地名が出てくるかと期待したが夫婦旅行の場所とは……何度も行っているのに一人で旅したかったのだろうか、大原の三千院とか哲学の道とかを。それにしても今はシーズンオフだ。

「なぜ京都という結論に至ったかについては企業秘密なのでお話しできないのですが、京都が一番〝気〟が強いのです」

気落ちした理沙子を励ますように田辺は精いっぱいの気遣いをすると、荷物入れに入れていたリュックを取り出し、中からノートパソコンを引っ張り出した。

「……パソコン？」

どうしてここでそんなのが出てきちゃうのという思いが乗りうつった一言が理沙子の口から漏れる。やっぱり星占いか動物占いを一晩中やっていたのか。

「ハイ、こいつにいろんなデータを入力して保存してあるんです。昨日いただいた情報はビッグデータと呼ぶにはほど遠いのですが」

コンピューターに関しては大した知識のない理沙子だったが、占い師がＡＩに駆逐される日が来るのもそう遠くはないなとちょっぴり淋しくなった。

「陰陽師さんでも、今はやっぱりパソコンなんか使うんだ」

「ハイ、今までの事例とか解決法とかを保存しておいて役に立てています。今に始まったわけじゃなくて、たとえば古くからある四柱推命なんかも膨大な情報から占うので、それこそビッグデータなんです。それに、なんてったって便利で」

理沙子の憂慮を感じ取れなかったのか、田辺は自慢げに話した。

「前々からお聞きしたかったんだけど、田辺さんっていうか陰陽師さんって陰陽師協会とか陰陽師保存団体とかってあるの？」

唐突な質問だなと理沙子自身も思ったが、田辺はちょっと怪訝な顔を見せただけで田辺スペシャルを一口飲むと丁寧に答えた。

「イイエ、そんなのありません。私なんか言わばフリーランスの陰陽師です。そんな団体作れるほどの人数も人材もいませんし、現代ではあんまり認知されているとは思えません。悲しいですけど小説や映画の中だけで存在していると言ってもおかしくないかもしれません」

「やっぱりね」

「ですから、よほどお近づきになった方以外には陰陽師って言わないようにしています。霊媒師とか占い師って言った方がわかりやすいんで身分詐称して生きてるっていうか」

「じゃあ義母とはけっこう懇意にしてるのね」

「ハイ、ご隠居さんには本当に良くしていただいてます」

田辺は今までに見せたことのない笑みを浮かべて即答した。それは、あの小難しい義母と好ましい関係を築いているということだし、もちろんそうでなければ義母が田辺と連絡を取ろうとするわけがない。少なくとも他人をだまして何かを売りつけたり怪しい組織に無理に入るよう勧めたりはしない。パソコンを使おうが使うまいが、それで気に病むことはない。平安時代ではないのだ。

「それでどうすればいいの？」

自分のせいではあったが、いつの間にか世間話になっていた話を断ち切り、理沙子は単刀直入に訊いてみた。

「ハイ、私、お供します」

独特のくぐもった声でなくクリアなハイトーンボイスが店内に響いた。さほど大きな声ではなかったが、その響きは内容よりも美しさで注目を浴び、あちこちでキョロキョロと音源を探す動作が始まった。理沙子も似たようなもので、田辺が何を言ったのかはそっちのけで目を大きく見張った。

「今の声、あなた？　どっから出したの？」

理沙子はその音源に顔を寄せ、声をひそめて質問した。二つとも答えは明らかだったが、確認せずにはいられなかった。

「ハ？　何か問題でもありましたか？　ご主人を捜すのに同行してはまずいでしょうか、やっぱり男と女では……」

頬を赤らませ頭をかいているということは、的外れな発想をしているということに他ならない。勘違いも甚だしい。

この際、声に関しては後回しにしようと理沙子は決めた。一つ一つ引っかかっていては前に進めない。田辺がある日覚醒して大晦日に第九を歌いたいと主張しても理沙子にはなんの関わりもないことだ。

「ウウン、そんなことじゃないの。昨日まで見ず知らずの私のためにそこまでしてもらったらバチが当たりそうで」

バチを当てられそうで、の方が正しい表現だったかもしれないなと即理沙子は考え直した。

「とんでもありません。ご隠居さんのたってのオファーですから。日頃贔屓にしていただいているので恩返しのいい機会なんです……理沙子さんがお嫌じゃなければ、ぜひ同行させてください」

理沙子さんの前でわずかに躊躇したが、田辺にしてはスムーズな会話を神妙な顔つきとともにこなした。うつむき加減で途切れ途切れの言い方しかできなかった人が今は救世主のように見える。たぶんこの人にとっては精いっぱいの努力をしてこういうセリフを述べたに違いないし、けっして上っ面だけの発言ではないだろう。

知り合ってから半日も経っていないが、理沙子はこの田辺という陰陽師と出会ったことは神の啓示ではなかろうかと思えてきた。信じる信じないはこの際どうでもいい。せめて自分の内なる声に従順になろうと心に決めた。田辺に賭けてみようと……。

「ありがとう田辺さん、お世話になります」

理沙子は田辺に相対しスッと右手を差し出した。一瞬息をのんだ田辺だったが、頭を小刻みに上下しながら主人にかしずく召使いのようにうやうやしく両手で包み込んだ。

数秒間その体勢のままでいたが、田辺が自分から手を離すつもりがないと悟った理沙子は左手で田辺の肩をポンとたたいた。どうも田辺はフリーズしていたらしい。催眠術師に術を解かれたようにビクッと体を震わせ、驚きの表情をすると慌てて両手を引っこめた。

「ス、スミマセン、気がつかず」

どれだけナイーブな男なんだと理沙子は感心すると同時に、この齢にしてこの精神状態でいられる田辺という男の過去も気になりだした。どういう子どもだったのか、どういう環境にいたのか。陰陽師というからにはどこかで想像を絶する修行をしたに違いないが、田辺からはそんな風情が一つも漂ってこない。

最初は外見だけでキタローをイメージしてしまったが、性格的には芳之と接点がありそうな気がしてきた。

「イイエ、全然。ところで田辺さんっておいくつ？」

「38になりました」

「じゃあ10しか違わないじゃない。せっかく意気投合したんだから敬語はやめましょうよ。ため口っていうの？　それでいきましょう。しかもこっちが困ってて助けてもらうのに」

「……」

「ダメ？　その方が〝同志〟って感じ、強くない？」

「イエイエ、10歳も目上の方にため口なんて……それにこうして話してる方が楽なんです。無理してため口利こうとすると疲れてしまって……距離を置こうなんて意図はありませんから」

そうだなぁ……と自分に言い聞かせるようにつぶやいた後「生意気なこと言ってかまいませんか」とまた両手を膝の上にのせかしこまった。

「ウン、もちろん」

「僕の立ち位置としては、というより理沙子……さんには僕のことオフラインでつながった外付けのハードディスクみたいに思ってほしいんです。僕自身はそのつもりでいたいので」

理沙子は田辺に気づかれないように顔をしかめた。ＩＴに不慣れな理沙子には難解なたとえである上に、相手が当然理解しているという前提に立っての発言だったので余計ふてくされた。でもまぁオフラインというのは線がなくても密接につながっているということなのだろうと都合のいい解釈をして機嫌を直すよう努めた。少なくとも嫌味で言ったのではないだろう。

「わかった、じゃあそうしようか」

田辺は目もとにシワを寄せ「では」と言って紙カップを持ち上げた。その左目が「貴女もどうぞ」と言っているような気がして、理沙子も空のカップを手に取った。

「朝ごはん食べてないんだったらスタバで何か食べればよかったじゃない。サンドイッチもスコーンもあるし、サラダラップなんてけっこういけるわよ。それとも朝ごはんはご飯に味噌汁っていうタイプ？」

京都行きの電車が発車してすぐに、隣の座席におとなしく座っていた田辺の腹部からグーグルグルというしっかりした音が出た。田辺の通常の話し声よりもずっと明確な自己主張をしていて、むしろ気持ちがいい。

返事をせずモジモジしている田辺に、やっぱり朝ごはんまだなのねと訊くと、田辺はイイエと言った後申し訳なさそうに、夕ご飯も食べ忘れてしまって……と頭をかきながらつけ加えた。

「ご主人の行方をなんとかつかもうと、それぱっかり頭にあって、胃の方にまで気を回せなかったんです、スミマセン」

お為ごかしを言っているような気もしたが、この男に限ってそんなことはないと否定できるくらいの知識はすでに持ち合わせていた。知り合ってからまもないが、たぶん精神的発達度合いは単細胞生物並みだ。

「いいのよ謝らなくても。そんなに気にしてくれてたなんてありがたいわ」

芳之が京都で見つかるかどうかわからないが、今日の夕食はネットで評判のいい店を予約して、田辺に礼を尽くそうと考えた。もし田辺の言う通り芳之が京都で無事見つかったら祇園のお茶屋さんで遊んでもいいとさえ思った。もちろん田辺が望むというのであればだが。

「車内販売ってないのかしらね」

「ご心配おかけしてスミマセン」

なんでもない生理現象なのに平謝りを何度も繰り返している田辺がちょっとばかり面倒になりかけた。

「何度も謝ることないじゃない。クライアントは私なんだから必要経費は私持ちでしょ」

「イエそんな……お金をいただくつもりなんて」

「だってただ働きになっちゃうでしょ。それじゃあ奥さんや子どもさん、どうやって食べさせてくのよ」

そう言ってしまってから理沙子は、アラ勝手に女房子ども持ちだと決めつけてしまったけどそうじゃない可能性の方が高かったかな、と気がつかれないように口もとを手の甲で押さえた。

「イエ、一人もんなんで」

ヤッパソウダヨナーと自分の鑑識眼の貧しさを認めなければならなかったが、それはそれで田辺を傷つけることにもなるので、

「エッ、そうだったの、ゴメンナサイね」と優しい嘘をついた。

「それにしてもロハでつき合ってもらうのは心苦しいから、ちゃんと決めましょ」

「お金はありますから、本当に大丈夫ですから」

なにも見栄張ることないじゃないと眉をひそめようとしたが、田辺はけっこう真剣な顔をしている。

「マァそれはそうでしょうけどね。外付けハードディスクの役目をしてもらうんだからリース代をお支払いしないわけにはいかないでしょ」

ハードディスクの本来の意味はよくわからなかったが、さっきの話の流れをなぞればこ

うなのだろうし、時代に取り残されてなんかいないのよというアピールにもなる。

田辺は犬のおまわりさん顔になってしまっている。

「じゃあこうしよう。えーっと必要経費は当然私持ちね。それで成功報酬として別にお支払いするっていうことならいいでしょ。田辺さんに決めてもらっていいから」

エエーッと上半身を反らせると、「そんなバチが当たります」と陰陽師らしいというのか、らしくないというのかよくわからない言い方をした。

「だって、それこそ興信所なんかに依頼したら一日で何万もかかるのよ。それに比べたら申し訳ないくらい」

田辺が悪質なでたらめお祓い師なら、余計な情報を与えたことでこれ幸いと言い値をつり上げたに違いない。しかし田辺は理沙子が見越した通りで、恐縮というお札を全身に貼りつけた僧のような男だった。

「……でも、あの方たちのような人捜しのノウハウは持っていませんし、不貞の調査なんてなおさらだし。まるでど素人なんですよ、人捜しなんて」

不貞の証拠を見つけろとは一言も言った覚えはなかったが、ひょっとしたら義母が何か吹き込んだかもしれない。その可能性はほとんどゼロに近かったがゼロではないので、そんなことお願いしてないでしょと目くじらを立てるのはやめた。

「だって霊力みたいなのあるんでしょ、あの晴明の子孫なんだから」

ジッと見てないとわからないほど左目が痙攣し、ちょっとその辺突いてほしくないないという悲しげな目もとになった。どうも晴明がらみの話になるとテンションが下がったり不機嫌そうになるようで理沙子は不思議だった。有名な自分の祖先なのにどうして？

「まさかパソコン頼みってことはないでしょ。それなら何も陰陽師じゃなくてもいいわけだし」

そうですねぇーと一言つぶやくと田辺は内ポケットからスマホを取り出し、何やら指を動かした。

「スミマセン、ちょっと連絡があったもので……僕も陰陽師と名乗ってはいますけど大したスキルがあるわけではありませんし、弘法筆を選ばずって言いますけど力や経験のない者にとってはツールでカバーするしかないんです」

理沙子には陰陽師の使う小道具についての知識はまるでなかったが、スタバでパソコンを見せられた時は、それはないだろうと笑いそうになった。水晶玉やタロットカードの方がまだすんなり受け入れられる。やっぱり自分は時代遅れなのだろうか。現代では絶滅したと思われた職種が存在し、現代のアイテムを駆使して活躍する……そういうことなのか。

「さっき企業秘密なんて生意気な言い方をしましたが、なんていうことないんです。ハイ、基本的には……対象のデータをできるだけたくさんインプットして予測していくんです。ＡＩって聞いたことありますよね？」

私がＩＴには疎いのに気づいているはずなのに、今の訊き方って耳にしたことがあるのが当たり前ってのが前提になってないか？　と理沙子は鼻の頭にシワを寄せた。

「聞いたことなかったら、ナニ！」

いつもより1オクターブ下げてドスの効いた声を出して田辺を威嚇した。田辺は意に反して地雷を踏んでしまったのを察知したのか、両手で顔のあちこちを掻きだした。意外とほっそりした指が意志を持った生き物のように動き回る。

理沙子はどこかの水族館で見た砂の中から顔と細い胴体を出してクニャクニャしているなんとかいう魚？　だったかを思い出す。アッ、あいつらより田辺の指の方がアバンギャルドな動きをしていると変な感動をした。

「わかった、わかったからやめて。悪かったわよ、ひどい言い方して。ちょっとカチンときちゃったから」

聴力は正常に働いていたようで、指の動きが緩慢になり両手で顔面をつぶすようにギュッと握った。手と手の間の小ぶりな鼻だけが顔の一部として認識できる。

「それでＡＩがどうしたの？」

2人掛けシートの窓際に座っていた理沙子は宥めるように右手の甲で田辺の肩をネェネェとたたいた。コンピューターに対して敵意を持っているつもりはないのだが、苦手な分野なのでちょっとしたことで過剰反応が起こることがある。そんなに肩を張らずに気楽につき合えばいいのに、と芳之に釘を刺されたことも何度かあった。

田辺はまだ不規則な荒い呼吸をしており、時々無呼吸になったかと思えば、肺がもう限界と思えるほど酸素を吸い込んだ。変則的な過呼吸で意識を失ってしまうのではと理沙子は不安になり、田辺の肩を両手で思い切り揺すった。

「大丈夫なの、ゆっくり息して、ヒッヒッフーでもなんでもいいから。イヤよ、こんなとこで心肺停止になったら」

去年、区民公開講座で習った心臓マッサージの方法を頭の中で蘇らせようとしたが、1分間に何回押すのかという肝心のところが思い出せない。デモンストレーションをしている救命士さんを見て、隣の席の友人にずいぶん速く押すのねと大雑把な感想を囁いたのは今でも覚えているくせに。

ハフッという空気の漏れた音がして田辺の息が穏やかになってきた。誰かーAEDを持ってきてー、と叫ばなければならないかと半分本気で考えていたが、なんとか落ち着きそうだ。宿の脱衣所に掛けてあったオレンジ色のAEDを思い出す。

ポッキーを鼻に詰まらせた時も苦しかったが、どうも田辺のプレッシャーアレルギーはそれどころではないらしい。どれほどのつき合いになるかわからないが優しく接してやらないと命に関わりそうだ。アア、面倒くさい。

「……あの……フゥー……あの」

意識はあるものの、まだ視線が定まっておらず発声機能も正常ではない。もともとその機能には問題があったが輪をかけてわかりづらい。

「いいのよ、落ち着いてからで」

消化器が機能停止寸前なのにこの上呼吸器も機能不全になってしまったら、それこそ命に関わる。ホラこっち向いてと理沙子は田辺の顔を両手ではさみ、自分の方に向かせた。

気の弱い男にキスを強要しようとする年上女の体勢だったが、周りに乗客はほとんどいなかったため注目を集めることはなく、理沙子もそんなことを気にする余裕もなかった。

「ハイー、吸ってー、吐いてー、ゆっくりね。もう一度、ハイ」

いつか訪れるだろうと期待していた出産のために学んだ呼吸法が思わぬところで功を奏した。こわばっていた田辺の顔面が弛緩し両手の震えも消えてきた。

「今度こそ大丈夫？　息できる？」

「スミマセン、り、理沙子さんのせいというよりお腹が空っぽで……」

空腹のために呼吸に異常をきたすかどうかという知識を理沙子は持ち合わせていなかったが、本人がそう言うのだからきっとそうだ。理沙子が期待していた車内販売は来そうにないし、どうしたらいいのだろうと途方に暮れた。大した山じゃないからと食料を持たずに入山し、迷子になってしまった自称登山家の気持ちになった。

アアー、チョコレートの一粒でも持ってくればよかったァー。

……チョコレート？　そういえば……理沙子はキャリーバッグのポケットを開けて赤い小箱を取り出した。昨日別れ際に、理沙子が断るのを無視して、「必要になる時がきっと来るから持ってきなさい」と義母が無理やり寄こしたポッキーだった。

これで満腹になるかならないかは別にして、胃袋のご機嫌を取るのと脳みそのエネルギー補充にはなるだろうと急いで袋をちぎった。

「ハイ、ハイ、これ食べて。慌てちゃダメよ。少しずつだからね」

あの悲劇が田辺の身に起こらないように自分の学んだ教訓を伝えようと、理沙子は1本だけつまみ出す。

「ハイ、ゆっくりね、よく噛んで」

離乳食を初めて口にする赤ん坊にノウハウを教える母親の気持ちになった。ポッキーをつまんだ田辺はポキッポキッとクリアな音を立てて口を動かす。

「30回噛むのよ」

カリッカリッという音が5、6回した後は田辺が顎を動かしているだけの無音状態になる。30回きっかりで飲み込んだのが喉の動きでわかった。なんとも律儀なヤツだ。

「ハイ、今度は2本ね」

また30回噛んでゴクン。

「もう30回でなくていいんじゃない」

こんなことまで指示しないといけないのかとあきれながら、じゃあこれねと赤い小箱を手渡した。久しぶりのエサを与えられたハムスターのように、田辺は背中を丸めて咀嚼と嚥下を規則的に続けている。

こんなところで死なれたら、それこそ夢見が悪いわ。

ポッキーを口に入れるスピードが落ちてきたのを見計らって、理沙子はずっと訊こうと思っていたことを訊いてみようかと田辺の顔を横からそっとうかがった。こんな時に何も、という常識的かつ事なかれ主義より、今しかないかも、というリスキーさを伴った興味が上回った。

ネエ、気を悪くしないでほしいんだけど、と緩衝用のフレーズを忘れずに前置きした。

田辺は口を動かしながら控えめな視線を理沙子に向けコクリとする。

「そういうふうになっちゃうのってお腹空いてただけじゃないでしょ。何か打たれ弱いっていうか、精神的に脆弱っていうか……」

「……ぜい……じゃく?」

「はっきり言っちゃうとメンタル弱いんじゃないの?」

この表現でも田辺が再び呼吸困難に陥る可能性がないわけではなかったが、あえて訊いてみることにした。本当は若いオニイさんみたいに、「ぶっちゃけメンタル弱くね?」って言ってみたいところだ。

「ハイ……それは重々承知してます。誰よりも自分自身が」

何度目かのポッキー嚥下の後、そう言ってフーッと息を吐いた。でもしょうがないんです、というあきらめの言葉がその後に続いているように理沙子は感じた。一旦田辺から視線を外し、流れ飛んでゆく窓の外の田園風景に目をやった。

「なんとかしようと思わない？　生きてくの大変でしょ」

他の誰かに何気なく言うようにノールックでコソッとつぶやく。

「……ハイ」

ポッキーを一時中断して、田辺は理沙子の横顔を不思議そうに眺めた。理沙子はまた田辺に顔を向け、ちょっと強い口調で話しかけてみた。

「田辺さんってお世辞にも元気はつらつとは言えないわね。そういう低めの気分を湧き上がらせるっていうか、テンションを上げるために何か努力してるの？」

理沙子は少年犯罪を何度も繰り返している中学生に説諭する家裁の裁判官になった。

「できるだけ自分を鼓舞するような曲を聴きます」

「たとえばどんな？」

「そうですね、エー、朝一で〝宙船《そらぶね》〟のＣＤかけます。お隣に文句を言われない限度ギリギリのボリュームで」

「ああ、知ってる。ＴＯＫＩＯでしょ。景気いいわよね。あれだったらアゲアゲよね」

「違うんですね、それが」

顔を上げた田辺が、何もわかっていないんだなぁという表情をわずかに見せた。理沙子が顔をしかめなかったら、人差し指を振ってチッチッチッと舌を鳴らしたかもしれない。生意気なヤツめ。

「何が違うの？　TOKIOじゃなかったっけ？」

「それはそうですけど……オリジナルって言うのかなぁ。誰の作品だか知ってます？」

理沙子は首を傾げる。そこまで詳しくはない。

「中島みゆきさんです。そのみゆきバージョンをかけるんです」

「へーェ、ちょっとぐもっちゃわない？」

「聞いたことないんですね、やっぱり」

勝ち誇ったような口の利き方をする。いつの間にか上から目線になっている。

「魂を蹴っ飛ばされるような歌唱ですよ」

あのグループもけっこう激しく歌っていたような記憶があったが、制作者はきっと不満だったのだろう。もっともっと過激に歌え、まだまだ甘っちょろいと。

「東京に戻ったらゆっくり聴いてみるわ」

場合によっては芳之にも毎朝聴かせてテンションを上げさせよう。

「あなたでもテンション上がるなら、きっとすごいのね」

「……エェ、玄関ドアを開けて外に出るまでは」

外界に出たとたん、それはクールダウンしてしまうのか。重症だ。

「こんなこと言ってはナンだけど、やっぱトラウマあるのね」

「ハイ、いろいろと……」

田辺はそう言うと悲しそうな目になる。理沙子はハッとした。どこか違和感があったのは、髪に隠れている目が鬼太郎と左右逆だからなのだ。かろうじてオリジナリティを保っているその左目の縁に涙がにじんでいる。

「いいのよ、ごめんなさいね。誰だって話したくないことってあるもんね」と急いでリカバリーした。

「お気遣いありがとうございます。めんどくさいですよね、僕みたいなヤツって。落ち着いたらお話しします」

無理して話さなくてもいいからね、こっちも大変だから、と断ることはさすがの理沙子もできなかった。何かの縁だ。陰陽師のお悩み相談につき合うなんてこともこの先たぶん……ない。

いいのよ、いいのよと肩をポンポンすると、田辺の頭がガクンと理沙子の方に傾き、スースーという規則的な息をし出した。

エッ、寝落ち？　眠っちゃったの？　術をかけたわけじゃないわよね私。理沙子は赤い箱を両手でしっかり持って眠ってしまった田辺と自分の両手を交互に見て慌てた。

理沙子が目を覚ますと田辺のサラサラ髪がすぐ目の前にあった。仲のいい姉弟のように肩を寄り添わせ眠っていたようだ。田辺はまだ夢の中にいる。徹夜して睡眠不足だったところに極度の緊張状態が解けたせいで急激に睡魔が襲ってきたのだろう。

腕時計を見ると出発して1時間半近くが経過していた。あと半分かとつぶやき、窓の外に目をやる。どこにでもありそうなありきたりの風景が流れていく。

ひょっとしたら数日前に芳之も乗っていたかもしれない。鳥取でこっそりと母親の様子を確認し問題ないと判断した後、なんらかの理由で京都に向かったということも考えられる。イヤイヤ京都にいるというのも確かな情報ではないし、鳥取にだって行っていないかもしれない。

理沙子は迷路に入り込んだネズミの気持ちが理解できそうだった。ないない尽くしなので、壁にぶつかったらまたリスタートするしかない。短期間のうちに今までに経験したことのない出来事が次から次へと起こり、今は眠りこけている陰陽師だという男の隣で、また一抹の不安に苛まれていた。

どう考えても結論の出ないことなのに半覚醒状態でグルグルと回る思考の中にいたらしい。隣を見ると、いつの間に目を覚ましたのか田辺がパソコンに向かい一心不乱に高速で指を動かしている。

理沙子が覗きこむと「お疲れのようですね。よく眠っていましたよ」とまるで昼寝から目覚めた幼い子を愛おしむような顔を向けた。理沙子は、どっちのセリフよ、と口の中だけで反論する。

「何してたの？」

「夕べ入力し忘れてたご主人の情報を入力してたんです。ご隠居さんに伺っていたのですが……うっかりしてて。他にも何かありますか、なんでもいいですから」

「そうねぇ、特にどっか出掛けるのが好きってわけじゃないし、インドア派よね。お酒も乾杯のビール以外はあんまり飲まないし、ギャンブルや、ましてや女で問題起こしたことないし……」と言いかけて、もしかしてあの齢にして女問題初体験？　という疑惑が芽を出したが早々に引っこんだ。それだったらこっそりとアイドルオタクになって追っかけをしている可能性の方がずっと高い。

「そういえば中学だか高校だかで天文クラブだったらしくて、自分の部屋の壁にでっかい星座のポスター貼ってニヤニヤしてた。あまり参考にならないでしょうけど」

「フーーン、なるほど」

〝なるほど〟の理由を告げないまま、田辺は理沙子を無視してまたものすごい勢いで入力作業を始めた。この人こういうエネルギッシュな一面もあるんだと理沙子は驚く。中島みゆきが帆先に立って拳を振り上げている夢でも見ていたんだろうか。

ひとしきり集中状態でいた田辺が最後にタンとエンターキーをたたく。

「スーパーコンピューターってわけじゃあありませんし、ビッグデータには遠く及びませんが、なんとか」

ポカンとしている理沙子を見て、アァ簡単に言うとプロファイリングみたいなもんですかねと説明したが、アレやっぱり少し違うかなと独り言をコソッと言う。

「やっぱり京都なの？」

「だと思います。イエ、もちろんパソコンの情報だけでなく僕の使える力はそれなりに使ったつもりです」

陰陽師ってどんなことをするのだろうとまた気になったが、たぶん訊いても理解できないだろうとあきらめた。

「アレ？　どんなことやったのか訊いてくれないんですか。突っ込みどころなんですが」

田辺は首をグルッと回して、もっと興味を持ってほしいナァというような不満顔をする。

「どうせ訊いても私にはわからないでしょ。難しい専門用語なんか出てきちゃうとね」

「そうですね。超簡単に言うと占星術ですかね」

「せんせいじゅつ？　アァ占星術ね……ってそれ星占いってこと？」

「アア、そっちの方が簡単ですね。超ザックリ」

やっぱりそのたぐいなのか、女性週刊誌の後ろの方に必ず出てるアレだ。花占いだの動物占いよりはメジャーかもしれないが、所詮当たろうが外れようが責任を伴うものではない。星占いだったら芳之が詳しそうだし、自分の居所を喜んで占うに違いない。

「アッ、その顔、バカにしてますね。陰陽師はもともと星とか月とかからいろいろ知識を得て朝廷に仕えてたって言いましたよね。他にも仕事はあったらしいですが、国家公務員であるのは間違いありません」

「じゃあ公務員の天文学者であって星占い師なの？」

「考え方によってはそうなりますね」

理沙子は、田辺が大学の教壇に立ちレーザーポインターを持ってハッブル宇宙望遠鏡で撮った銀河星雲を指しているところや〝はやぶさ〟の話をしながら涙しているところを想像しようとしたが、あまりにも奇想天外で自前の想像力では対応できなかった。

「それと詳しいところはわかりませんが、晴明は夢占いも得意だったらしいですよ」
ウ、星占いでもちょっとした衝撃だったのに夢占いも駆使していたのか。フロイトみたいな精神科医も兼ねていたのだろうか。晴明おそるべし。
田辺は、スミマセン、もう少しやることがあるので時間いただけますか、と言うとまたパソコンに顔を向けた。

「ウンわかった」と理沙子は答えると、スマホを出して〝陰陽師・夢占い〟を検索しだした。

11　京都――キャプチャー

「ウワァー、このお料理おいしいー。お出汁が違うんですよね、きっと。やっぱり京都は違いますねぇ」

あの田辺がはしゃいでいる。命をつないでくれたポッキーには申し訳ないが、田辺の感想は……正しい。外界に出ている方の左目がキラキラとしている。

料理が運ばれてくるたびに嬉しそうにして両手を合わせ、30回の咀嚼ルールを無視して次々と咀嚼と嚥下を繰り返した。

京都駅に到着すると、もうお腹の方は大丈夫ですからと断る田辺を理沙子は食事に誘った。というより、有無を言わせず何がなんでも食べさせるつもりだった。

いくら低燃費の田辺であっても昨夜からの空腹をポッキーひと箱で満たせるわけがない。自分のために骨を折ってくれている恩人を空きっ腹で働かせるほど人非人ではないのよ私は、と一喝して言うことを聞かせようとした。

「じゃあパンでいいです、ハムカツとかあんパンで。京都っておいしいパン屋さんけっこうあるんですよ」といかにも京都通であるかのような田辺だったが、「何言ってんの。陰陽師がパン食べ歩きするってミスマッチでしょ。だいたい、あんパンかじりながら牛乳飲むのって刑事の特権じゃない」と理沙子に変な難癖をつけられた。

結局、駅直結のデパートの上階にある京都の有名店で早めの昼食をとることになった。

「エーッ、こんな、いいですよ。ここお高いしー」

「京都まで来てパンやラーメン食べさせてたって姑が知ったら私の立場がないでしょ。そこんとこしっかり考えてよ」

半分以上脅迫と言ってもいいような囁きを耳もとですると、リュックを引っつかみ、後ろ向きの田辺を店に引っ張り込んだ。

京都市内が見渡せる窓際の席に案内されると、田辺は左右を見回し、どうかご無事でとボソッとつぶやいた。

「お叱りを受けるのを承知で、ご主人の情報をネット仲間に拡散してもらって目撃情報を集めていたんです。なにしろヒントが少なすぎて……それで仕方なく、スミマセン」

「いいのよ、そんなこと。もう手段なんてかまっていられないもの」

「それでいくつか反応があって……それと私の占いでもこの辺に動きがあって……アバウ

トにしか答えられないのが心苦しいのですが」

自分の非力さを恥じるように田辺は握っていた箸を箸置きにきれいに並べて置いた。

「可能性はあるんだもの、捜してみる価値は十分あるわよ」

いつの間にか励ます側に回っていることに理沙子は気がついたが、この際コンセンサスも大事な要素だ。

「ありがとうございます。ただちょっと気になることがあって……ご主人と体型や顔は似てるけど雰囲気っていうか、お話を伺っていたのほほんとした感じじゃないらしいんです」

「じゃあ違うかもね。メチャメチャ中高年代表よ。天然だし、浮世離れしてるって評価されてもいいくらい」

「でも、見かけたよって言ってきた仲間は一様に、何か真剣なりりしい顔つきをしていたって言うんです。違う人ですかね」

「ウーン、よく似てる別人か擬態してるっていう可能性も……」

オオカミの皮をかぶったヒツジが理沙子の頭の中をうろついた。芳之モドキという名の虫も飛んできていた。

「ぎたい……?」

イヤ、今の忘れて……と理沙子が否定したところで次の料理が運ばれてきた。目を見開いた田辺はまた一つ頭を下げ、箸を取る。ちりめん山椒を丁寧にご飯にのせ、お伺いを立てるように理沙子を見た。

「気にしないでどうぞ。ところで義母とのつき合いは長いの？」

「ハイ、私の自我が芽生えた時からですから……8年になりますか」

ちりめんご飯のあまりのおいしさに気が向いていて「ヘェー8年ね」と上辺だけの返事をした理沙子だったが、聴覚は異変を嗅ぎつけた。理沙子の計算機能が働きだす。田辺は自分の齢を38だと言っていたが、そうすると30の時からの知り合いということだ。何か問題があるか？　しかし田辺が今言ったことを純粋に理解するなら30イコール自我が芽生えた時ということにならないか。いくら陰陽師でも遅すぎやしないか。陰陽師には陰陽師の基準があるのかもしれないが、それにしてもハードすぎる基準だ。

「ネェそれってすごすぎない。30までは子ども扱い？」

田辺からはそんなすごすぎの陰陽師の世界が伝わってこない。

「ア、そうですよね。変ですよね。長くなりそうなんでいただいちゃいますね」と断って田辺はちりめんご飯に集中し直した。理沙子もつき合う。

一粒も残さずご飯を食べ終えた田辺はしっかり両手を合わせ、ごちそうさまでしたと言った後、ハァーと満足げな息をついた。

「実はご隠居さんに出会う前の記憶がほとんどないんです。極端に言ったら記憶喪失状態なんです」

極端に言わなくてもそうだろうと理沙子はクスッと笑いそうになったが、聞き手に専念しようと口を押さえた。

「誰だって生まれた時のこと覚えてないですよね。逆子逆子って心配してたみたいだけどそんな自覚なんてないよなとか、イヤー産道が狭くて出てくのに難儀したよとか。そんな記憶のない状態がずうぅーと続いていて……というか、それさえもよくわからないんですが」

「エッ、エッ、じゃあご両親もわからないし、どこで生まれ育ったのかも不明なの？」

「ということになります。普通は心配になりますよね、どこの誰かわからないと」

私だったら気がふれてしまうかもしれないし、少なくともこんな冷静に身の上話をする気にはなれないと理沙子の前腕の産毛が逆立った。

「それこそ本来の意味での自分探しの旅に出ないといけませんから」

「じゃあ田辺さんは、本当は田辺さんじゃないかもしれないわけ？　齢だって38って言ってたけど、〝こう見えて私◯歳なんです〟っていうテレビ番組出られるくらいギャップがあるかもしれないの？」

「イエ、不思議なことに、その辺の基本情報の記憶は正確かどうか定かではないのですが、あるんですよね」

「フーーン、シュワちゃんみたいに未来からやってきたってわけでもないのね」

「ヘッ?」

「ア、いいから流して……それでどうして警察やお役所に行かなかったの? アッ、事件性がないから警察動かないか。でもあるかもしれないものね。非合法のブツを運んでたかもしれないし、最近よくある詐欺の受け子だったかもしれないじゃない。エッ? あなたがよ。可能性は無限大にあるでしょ。なんたって名前と齢くらいしかわからないんだから」

同情的だった理沙子だが、だんだんと現実的になってきた。

「そう責められちゃうと確かにそうなんですが、自分では記憶がないことをそんなに苦痛には感じてないんですよね。おまえは人のために尽くしてるんだよって原始の記憶が囁いてくれてたんで」

「プリミティブメモリーってやつ? もしそれを信じるなら悪事に手を染めていたとは思えないいね」

「自己を守るために脳が勝手に作り出したともいえますが、私はそれを頼りに生きてきました」

「けっこう辛い人生ね。もし自分のこと知りたいって言うなら私東京に知り合いの警察官いるから相談して。マァ私の息子みたいなもんだからさ」

あのイケメン宇田なら眉の間にシワを寄せながらも理沙子さんの頼みだったらと言ってくれそうな気がした。

「ありがとうございます。でも今不自由じゃないですし、ご隠居さんが後見人になってくれてるんで」

ヘェー何も言わなかったけどなかなかやるもんだと理沙子は夫似の義母の目もとを思い出した。

「ある日、理沙子さんに声をかけてしまったあの角に立っているとご隠居さんに声をかけられたんです。『ボーッと突っ立ってんだったら、これ運ぶの手伝って』って」

「……運び屋？」

「……駅前のスーパーでいっぱい買い込んだらしくて、よくそこまで持ちこたえたなっていう量なんですよね」

8年後の今だってそれくらいやりそうな人だからね、とデザートのわらび餅を口に運びながら理沙子は田辺の目を見る。

「それで手伝って家まで運んだんだ」

「ハイ、自分がそこにいることさえ訳わからなかったので、むしろ指示してもらってありがたかったです。後々考えたのですが、私の人生の中に必然的に登場してくる方だったんだなって」

「確かにそういうものかもね。だとすると夫がいなくなったのにも意味があるってことかなぁ」

「きっとそうだと思います」

「どんな意味があるのかしらねぇ。それからどうしたの？」

「ア、ハイ。借りをつくったままでいるのはイヤだからっておっしゃってお茶を出してくれて、私の話を熱心に聞いてくださいました」

「暇だったんじゃないのかしらね、それになかなかの世話焼きだから」

「それでもありがたかったです。でも——私のことを私より詳しく知っているみたいで不思議でした。そんなことあるわけないのですが、何年も前から私のことご存知だったような気がしたんです。肉親のような近さはないのですが、私のご主人様ーっていうのが一番ピッタリでしょうか」

この陰陽師、メイド喫茶に出入りすることなんてあるのだろうか。「ご主人様ー」のイントネーションがあまりにもうますぎる。

調子にのればずいぶんと饒舌にしゃべるもんだと田辺の手もとを見ると、わらび餅がまるで減っていない。甘いものには目がないはずだが。

「だったら家で寝泊まりしていいよって。夜中にでっかい包丁研いだり忍び足で寝床に行ったりしないからって」

「……」

「それでお言葉に甘えて居候することになりました」

おいしいよとわらび餅を勧めながら、7、8年前に芳之が一人で鳥取にご機嫌伺いに行ってなかったかなぁと思い出そうとした。もし30そこそこの男を義母が面倒見ていたら、帰宅してすぐにも「いやー、オフクロも若いね。孫みたいな年下の男の子と同棲してたよ」なんて軽口を言ったはずだ。何も言っていた覚えがない。

「ずっと一緒に暮らしてたの？」

「2年くらいでしょうか。身元のわからない私にいろいろ仕事を世話してくださって、自活できるようになったものですから。でもご隠居さんに言いつけられた仕事は何があっても最優先です。ご隠居さんがおっしゃるなら少々の違法行為だって厭いません」

「イヤイヤ、お義母さんだってアイツ消してこいとは言わないでしょ」

「大げさに言えばの話です。それにそれって少々とは言えませんよね。とにかく私のご主人様でもあり大恩人なのです。本当、尊敬してます」

義母への感謝と思慕と敬意をひとしきり述べると、田辺はようやくわらび餅を食べ始めた。リスペクトしている義母への想いに自ら感激したのか、わらび餅が思った以上においしかったのか田辺の左目が喜びで潤んでいる。

田辺の独白をなんとなく聞いていたが、ある齟齬があるのに気がついた。義母は田辺とワークショップで知り合ったと言っていたはずだ。この非力そうな田辺にポーターをさせたとか、居候させてたとかも聞いていない。マァあの年齢だ。少しくらいの記憶障害はあるだろう。それにしてもかなりの思い違いだ。

「ウーン、義母との関係はなんとなくわかったけどさ、陰陽師との関わりってどっからきてるの？　それも原始の記憶？」

「エエ、これも不確かなんですが、陰陽師だかその関連ワードが頭の中にあって、それをご隠居さんに話したら『面倒だから陰陽師の子孫ってことにしちゃったら』って」

なんとアバウトな……。

「そうしといた方がコミュニケーション取りやすいし、そんなに悪意のあるナンチャッテでもないでしょ、って笑いながらおっしゃるので」

「じゃあナンチャッテなの、陰陽師って」

「ご隠居さんは、記憶を無くしている中でのわずかなキーワードは大事なんだからそれでいいって。私が責任を持つとまでおっしゃっていただき……」

田辺は両手を膝の上に置き、義母へ向かってなのかランチへなのか深く頭を下げた。

「街角で知らない人に声をかけていたのも――スミマセン、あの時は――ひどく人見知りなのだから修行のつもりでやりなさいと。それで嫌な思いをさせてしまった時は心の中で謝りなさいと」

記憶喪失の陰陽師の子孫は――実質まだ8年の人生だが――波浪注意報並みの人生を送っていると言える。義母の庇護とスタバの一杯のスペシャルコーヒーに依りかかって生きてきたのか。

「ア、長々と不要な話をしてしまって申し訳ございません。私のことなど、この際どうでもいいのに……」

「そんなことないよ、相棒がどんな人か知るってのはすごく大事なことだもの。本当の田辺さんがわかったような気がする」

義母が紹介してくれたという理由だけで田辺を信じてみようという気になっていた。いつもの理沙子だったら、初対面の人に胸襟を開くことはまずないが、後がない状況に追い込まれていたため、誰にでも何にだって頼ろうとしたのだ。

自分を安堵させるため、あなたのこと信じているんだからねと押し売りのごとく田辺を圧倒していた。なんと失礼な、なんと傲慢な、なんと不誠実な態度だったのだろう。

理沙子にとって、田辺は単なる〝1本のワラ〟でしかなかったのだ。

「今ね、田辺さんの話聞いていてようやくわかった。田辺さんのこと信じてるからなんて言ってきたけど、口先だけだったんだなって。解決策がないからまず自分を欺いて、義母の紹介だからって逃げ道作って、あなたにも信じてますよなんて嘘言って……どうしようもないわ私って」

田辺は背中を丸めてセミの幼虫のような姿勢になっている。

「田辺さんのこと、腹に一物あるヤツとか詐欺まがいの悪事に加担しているなんてこれっぽっちも思っちゃいないわ。それは本当よ。でも、本当の意味で信じてなんかいなかったと思う。〝信じる〟なんて簡単に言っちゃうのって無責任よね。そんなにフワフワ薄っぺらい言葉じゃないものね。辞書にも他の字の10倍くらいの大きさで載せてもらって、注釈に〝安易に使用せぬこと〟って加えてほしいぐらいよ」

「そんな、そんな、そんなこと言わないでください。私、理沙子さんに頼ってもらえて嬉しくて、嬉しくて。いくらご隠居さんの紹介とはいえ、私は興信所の調査員でもドロップアウトした警官でもない、ただの個人営業の陰陽師ですし。それも〝怪しい〟っていう形容詞がつきそうな男ですから」

少しばかり背を伸ばした田辺だったが、どうも自虐癖は抜けないらしい。

田辺はキラキラ眼で理沙子をジッと見つめていたが、その顔がクシャクシャと無分別に分解されてきたため、次に起こる展開を理沙子は難なく想像できた。

大慌てで理沙子は田辺の頭を押さえ込み、右手で口をふさぐ。ヘッドロックをかましといて呼吸をさせないという反則ギリギリの荒技を繰り出した。手足をばたつかせる田辺を押さえ込みながら周囲を見回す。反則技をかけてるわけじゃないのよと思い切り口角を引いたヒール独特の笑顔を見せびらかす。

田辺が肩を3度タップしてようやく我に返った理沙子は、過剰なリスクマネジメントをしていたことに気づき、技を解いた。ハァハァと急速に酸素を取り入れようとして田辺が大きく肩を上げ下げする。

「こんなとこで泣き叫んだりしないでよ」と耳もとで脅す。

「よく……わかりましたね」とかすれ声で答えが返ってくる。

「信じてなんかいないからね、田辺さんのこと。だからなんでもわかっちゃうかも」

「変な人ですね、理沙子さんって」

「あなただっていい勝負よ」

2人してクックッとハモり笑いをしながら両隣を盗み見た。危ない人たちだと判断したのか、行儀よく見てみないふりを決め込んで箸を動かしている。賢明なお客様。

「理沙子さん、そろそろ目的を果たしに動きださないと」

「望むところよ」


「清水寺辺りから始めましょうか。修学旅行の定番ですしね。ご主人の目撃情報もありますから」

「いいわよ、田辺さんがそう言うなら。でもなんとなくフツーの京都旅行みたいな感じね。緊迫感がないというか」

「一つずつつぶしていった方がいいと思います。人が多いだけに目撃者のいる確率も高いかと……」

田辺は左手の指先を額に当て難事件をいくつも解決した刑事になる。そんな顔よりサラサラ髪のてっぺんがツンと逆立ち芳之のいる方角を指してくれるのを期待していた理沙子は意気消沈した。

それに自分が陰陽師だったら祟りや呪いのある神社仏閣を挙げるのではないかと勝手に想像していたので、清水寺と聞いて不本意だった。だが理沙子の発想自体なんの根拠もない。

年一旅行とはいえ何年も続いたので、有名どころの神社や寺は頭に入っていた理沙子は、バス停に向かおうとした田辺のリュックをまた引っつかみ、「面倒だから車で行こう」と駅前でタクシーに乗り込んだ。

新婚時代の年一旅行で訪れた時の清水寺とは様相が一変していた。仁王門周辺でさえラッシュ時の新宿駅並みの人の多さだ。しかも多国籍、多民族、多言語で、理沙子は京都を模して作った中国のテーマパークにでもいる気分になった。

理沙子の分身のように行動を共にしてきたキャリーバッグを駅のロッカーに預けてきた判断は大正解だった。現在行方不明中の大型キャリーバッグを、伏見稲荷の千本鳥居でガラガラ引っ張っていた芳之が、預けてくりゃあよかったなと愚痴ったのは何年前のことだったろうか。

一方、田辺は一流のラガーマンのように左右に軽やかにステップを踏み、人混みを分けて進んでゆく。どうみても運動能力が高いとは言えそうもないのに、あの動きができるのはライトな術を駆使しているのかもしれない。あたふたと田辺の後を追っていた理沙子は、どうせならモーゼのようなスケールの大きな術で、この群衆を真っ二つに分けてもらいたいと切に願った。

田辺は「理沙子さん、ちょっと情報収集をしてきますのでこの辺で待っていてください」と言うと姿を消した。人混みのど真ん中で置いてきぼりにされた理沙子は心細くなり、こういう混み合った場所の方が拉致されやすいのかもしれないし、芳之がもし拉致されているのなら次は自分の番かもしれないとますます心配になった。

後ろの方にやけにやかましい集団がいるので、あのそばに行って適当に騒いでいれば手も出しにくいだろうとカメレオン効果を狙った。チャラチャラしながら近づく。

「アラー、理沙ちゃんじゃない？」

横から肩をたたかれた理沙子は、場所をわきまえずに騒いでいる連中に知り合いはいないと思ったが、半分反射的に振り向いた。

「アア、やっぱりー」

興奮顔の由理が立っていた。三人姉妹の一番下の由理は、２人の姉とは傾向の異なった顔をしている。丸顔で目鼻立ちがはっきりしている姉たちに対し、由理は細面で和風顔だ。

自分だけ種か畑が違うのか、あるいは連作障害が出たのかと本気で悩んだ時代があったらしい。

小さい頃から背は高く、小学校高学年の時には理沙子とほぼ並んだ。40を過ぎた今もダイエットもせずスリムな体型をしているのは女として大きなアドバンテージだ。

「ちょっとこんなところで何してるの、由理」

「アラ、話してあったでしょ、婚活ツアー」

そうだった、あの理香があきれてしまうほど由理は婚活にハマっていた。

「アア、正確に言うと婚活ミステリーツアーね。どこに連れて行かれるかわからないっていうドキドキ感。ツアー会社もよく考えるわよね。マァ、ベテランの私に言わせれば吊り橋効果狙ってるのバレバレなんだけどね」

そんな考察はどうでもいいが、この場合、自分のことをベテランと称すのはいかがなものだろう。公言するのはやめるよう、帰京したら忠告しよう。それに、こういう集団に自然に溶け込んでいるのが普通になってしまうと当初の目的が果たせなくなるのではないか。

微妙な距離感で会話している年齢バラバラ服装バラバラの男女を理沙子は横目で見た。変な感じに盛り上がっている。

「それで清水寺って何かご利益あるの？　男女の何かで」

「アー知らないんだね。清水寺なんて初心者に任せとけばいいのよ。こっちこっち」

物知り顔でそう言うと親指を振って由理は反対方向を指した。

「地、ぢぬし神社？」

ってことは、日本中の土地持ちがお参りに来るのか、土地が高く売れますようにとか、アアそれ狙って女も群がるってわけか、なるほど整合性が取れている。

「じしゅって読むの。やっぱり知らないのね理沙ちゃん。ずいぶん前から有名だからね、恋愛成就の神様」

由理の言う通り、〝地主神社〟と書いてある隣に、それよりずっと目立つように〝縁結びの神〟と書いてある。ということは、もうそれに特化した神社なのだろうか。

いくら有名とはいえ、年一旅行ではメジャーな神社のそばにある小さな神社まで気が回らない。ましてやお札やお守りをいただいても既婚者には嫌がらせ以外の何物でもない。

「つまりね、今回は京都中の恋愛に関わってるお寺や神社を回ってお参りするらしいんだ。もうミステリー感薄れちゃってるけどね。今までに何度か一緒にツアーした人もいて、楽しいのよ、けっこう」

それはけっこうね、と皮肉っぽい言い方をしそうになったが、妹には妹の価値観があり、姉とはいえそれを咎めるのは控えないといけない。でもやはり〝何度か一緒に〟が当たり前になってしまうのは、悲しい。

「婚活パーティーや相席パブなんかも試してみたけど、ウーン、なんかね。出会い系やマッチングアプリはちょっと性に合わないしさ。こうしてツアーで同じ時間を過ごしてるとどういう人なのかよくわかるしね。マァわかっちゃうのもどんなもんかしらねぇ」

両手で長めの髪をかき上げてアーアとため息をついた由理は、ウワッと突然大声を上げ、「お義兄さん失踪しちゃったんだって。アーッそうかぁ、それでここまで来たわけ？」と見事な想像をした。

「フンフン、サッカーで言えばチェイシングってことよね。大事だよねぇ、あの献身的な動きは」

腕を組み、首をコクコクしながら由理はひとり納得している。婚活仲間の狂信的なサッカーファンに影響を受けて、真夜中過ぎに〝ラ・リーガ〟をテレビ観戦しているらしい。戦術についてもそれなりに知識があるようだ。

「サッカーはこの際どうでもいいから！　それよりどうして知ってるの、芳之がいなくなったこと」

「理香ネェがうるさくラインしてきて、どんな理由かわからないけど、どっか行っちゃったからとにかく連絡しとくからって」

ホラね、と言ってスマホカバーを広げ、ラインの画面を開く。確かに行方不明になったという一文があるが、その後は首を傾げたクマや頭の上に「？」のついた動物らしきもののふざけたスタンプがしつこく並んでいる。よっぽど暇なのか。

私に送ってこられてもネェーと肩をすくめながらパタンとカバーを閉じた。

ウン？「ちょっと待って由理ちゃん、それ見せて」と理沙子はひったくるような勢いでスマホを手にする。これなあに……由理の白いスマホカバーには何やら不似合いな丸い紫色のシールが貼ってある。しかも真新しい。

「アァ、午前中に行ったとこ。晴明神社、知らない？」

由理が差し出した右手を無視してそのシールを凝視する。このマーク、どこかで見た。単なる星型ではなく一筆書きの……。

「そんなに気に入ったの。欲しい？　小っちゃいのならもう一つあるからあげようか？」

机やカバンにベタベタとくっつけている小学生じゃあるまいし、そんなものはいらない。

「そんなのはいいから。このマークって何？」

そんなもの呼ばわりされた由理は口を尖らせたが、長年連れ添った旦那がいなくなって気が立っているのだろうと姉に同情しようと努める。やっぱ結婚も再考しないといけないかも。

「ナニじゃないでしょ、だ・か・ら・晴明のトレードマークだって。霊験あらたかなものなのよ」

このマーク、最近どこかで見た。薄暗い……黒光り、もう一つヒントが欲しいと願った時、それは天から降ってきた。そうだ、芳之のあの書斎で唯一値打ちものかもしれないと値踏みしたアンティークな物入れ。芳之もなかなかいいセンスをしていると感心したオシャレな物入れについていた金具。

「誰のなんなの？」

「だから言ったでしょ、せいめい、安倍晴明って知らない？　わりと物事知らないのね、理沙ねえって」

知らない知らないってうるさい妹だ。この際無知だとバカにされようが、世間知らずとけなされようがかまうことはない。今のところ夫に逃げ出されたマヌケな妻であるのは事実だ。
ン、せいめい……神社？　聞いた覚えがある。
「それってどのあたり？」

「エッとー、御所のそばっていうよりもっと西の方か？　ネットで調べて」

「なんでそこ行ったの？　恋愛つながりの神社？」

「パワースポットだからね。晴明のお力を借りていい男をゲットしようって魂胆！」

パワースポットかぁ、芳之は行くだろうか。いい女を探しに？

「アア、そうそう、何か騒然としてたよ。救急車が来て……ハーイ今行きまーす」

もう行くねぇ、早く見つかるといいねとごくごくありきたりの言葉を口にすると軽いバイバイをして、由理は人混みをかき分け、小うるさい集団に小走りに戻っていった。

誰と話してたのと訊かれ、「アァ一番上の姉なんだけど、ダンナさん出てっちゃったみたいなの」などと雑な説明をしているに違いない。まさか縁起悪いわネェなんてつけ加えてはいないだろうな。

それにしても晴明神社というのはやはり聞いた覚えがある……どころか確か最初の年一旅行で訪れたのではなかったか。自分の中ではあまりメジャーではなかったので大した記憶がないし、夕食に予約していた有名なカウンター割烹ばかり楽しみにしていたので、どこを観光したのかほとんど覚えてないのだが。

ただどこへ行っても上の空で見学している芳之がずいぶん時間をかけてお参りしていたのはうっすらと記憶にある。そうそう、お賽銭箱に一万円札を入れそうになって慌てて理沙子が止めたのではなかったか。あの時の〝どうしてもダメ？〟と悲しげな顔を見せた芳之が鮮明に蘇ってくる。

そうこう考えてくると、芳之と晴明神社は何かしらの因縁がありそうだ。マァ同じって言えば同じだけど……。それに田辺さんのルーツじゃないの、もしかして。

「アレ、どうしたのですか理沙子さん」

田辺の声。すぐ後ろにヌーッと立っていた。もう驚きはしない。

「ウン。今ね、妹と偶然会ったの。婚活しててね。アラフォー女よ。アッ、田辺さん年上でもいける？」

伝えるべき大事なことからドンドン遠ざかっていくのに理沙子は気づかず、不肖の妹の心配をしだした。

「それとー、田辺さんより背が高いんだけど気になる？」

田辺は、京都まで来て妹といったいどんな話をしていたんだと顔をしかめた。

「理沙子さん、ありがたいお話ですが、また後日ということで」

冷静な反応をされたので理沙子はちょっと気まずくなった。

「ゴメンね、かなり外した」

田辺はクライアントが気を悪くしないように丸い言い方をしたが、外したどころではないなと理沙子はうなだれた。言い訳が許されるなら、田辺の顔を見たとたん肝心の情報より姉妹愛があふれてきたせいだった。

田辺はと言うと、理沙子の軽薄な問いにがっかりした様子はなく、むしろ上機嫌だ。コイツ、まんざらでもないんじゃないか。

「いろいろと精度の高そうな情報が入ってきています。ご隠居さんが連絡を取ってくれたみたいで、芦屋さんに、アァ芦屋さんってご存じなかったですよね」

「ン、あの神戸の芦屋さん？」

ああ、やっぱり名前だったんだ。理香、正解。

「ご存知でしたか」

「助っ人の芦屋さんでしょ」

「エッ？　だと思うのですが、その芦屋さんの話ではやはり京都でお仕事していたようです。芦屋さんはヘルプだったのでそれほどではないのですが、ご主人はけっこう疲弊したらしく……」

やっぱりヘルプだったのかと合点した。それでどうしたの……芳之の心配は後回しになった。

「それで京都在住の沢辺クンという友人に問い合わせたところ、アァ沢辺クンは私の数少ない同僚の一人で、彼が言うにはご主人は午前中に晴明神社で充電していたとのことです」

充電……？　スマホの充電か？

「なに、充電って？」

「私もそう訊こうとしたのですが、私のスマホの充電が切れて」

やっぱりそうか。

「何はともあれ、事件を解く鍵は晴明神社にあるのは明白です。一刻も早く向かいましょう」

事件なのか……と訝りながらも、とにかく事は晴明神社に収束しているなと理沙子も文句はなかった。でも、事件なら警察が動いてくれてもいいのにとちょっとばかり不満だった。

「晴明神社まで行ってください」

理沙子をタクシーに押し込み、自分もなだれ込むように乗り込んだ田辺は、一言そう言った。本人に自覚はなさそうだったが、イニシアチブを取った田辺はなぜかたくましく見え、理沙子は少しの間見惚れた。

リュックから引っ張り出したパソコンを膝の上に置いたまま、田辺は右手を顔の前で動かし始めた。陰陽師の術かもしれないが、エア習字かもしれない。何してるのなんてつまらない声をかけるとややこしくなるので、何か訊かれるまでは放置しておこう。

理沙子もヒントになるかもしれない晴明神社での出来事を思い出そうと田辺に負けない必死顔になった。結弦クンのやっていた二本指ポーズもついでにやってみた。

理沙子思い出せ。あれは晴明神社だったはずだ。芳之が何かやらかそうとして危うくケンカになりそうになったのは。何があったんだっけ……なんだっけ。

高校受験の時、隣の席の頭の良さそうな女の子が数学の試験の真っ最中に大きな音を立てて鼻をかんだのだって覚えているではないか。そうあれは、私が五角形に補助線を引こうとした時だった。

30年以上も前の出来事さえ覚えているのだから思い出せないわけがない。

「……理沙子さん、わりと京都のことご存知ですが、何度かいらしたことあるのですか。それとも京都マニアでテレビの京都特集を録り溜めしてたり、京都本を山のようにお持ちとか」

急に声をかけられ、必死で思い出そうと努力していた理沙子は思考を戻すのにまた小さな努力を強いられた。

「アレ？　話してなかったっけ。年に一度は必ず来てるよ、主人と」

田辺はアアーーと驚きの声を上げ、運転手は条件反射的にブレーキペダルを踏みそうになる。

「どうして話してくれなかったのですか。じゃあ京都通じゃないですか」

「だって年に1回だし、一泊しかしないのよ。いくら仕事が忙しかったからってそれはないでしょ。仕事辞めてからも、同じペースの方が精神的にいいからねなんて言って、ずっと一泊のまま。しかも同じ時期っていうか、毎年同じ日ね。しかも同じホテル。チェックアウトの時に来年も来るからねってフロントで1年先の予約しちゃうのよ。まったく面倒くさがりなんだから」

「ちなみになんていうホテルなのですか？」

田辺は時々顔を上げて考えながら、またタイピングを始める。

「エーとなんていったかなぁ。京都御所の左側っていうか西の方ね。あの辺のシティーホテルに毛の生えたようなホテル」

本当は老舗の旅館やグランドなんとかやフォーなんとかのような外資系の立派なホテル

に宿泊したかったのだが、一晩寝るだけだからそんなにリッチじゃなくていいでしょと芳之が主張するので、マァ庶民が高望みをするのもまずいかと理沙子は渋々従っていた。

1年に一度だが何年も続けばなんとなく親しみも湧き、スタッフとも顔なじみになっていった。しかし、ホテルの名称については一番下が〝京都〟で終わっているのだけは記憶にあるが、上についている長々としたカタカナ名は覚えようとしないせいもあり、未だに正式なホテル名は知らない。芳之としかそのホテルを話題にすることがないので「アアあのホテル」とか「御所のそばのね」で通じてしまっている。

「正式なホテル名は不明……ですか。それじゃあ毎年同じ日っていつなのですか？　何か理由があるのですよね」

「1年に1回はどこかへ出掛けないと私が機嫌を損ねるとでも思ってるのかしらね。義務であるかのようにっていうより、毎年旅行に行ってるよねって既成事実をつくって、あたかも妻想いのダンナを気取りたいのかわからないけど……アァこっちに来る日ね、9月の終わり頃、エーッと25か26だったと思う。台風、上等！　みたいな時期でしょ」

田辺の色白の指が止まり、ゆっくり顔を上げると、おどけた理沙子の顔を睨んだ。

「な、何よ」

「イ、イエ、偶然の一致でしょうから」

「途中でやめないでよ、気になるでしょ」

「ハイ、あくまでも参考ですが、晴明の命日なんですよね、26日は」

「そうなの」と言ったきり理沙子は考え込んだ。

「それと、晴明神社はさっき理沙子さんがおっしゃった辺りにあるのですよ。毎年近くのホテルに泊まっていたのに行かなかったのですか？　修学旅行のモデルコースになるところではありませんが、昨今は霊力をいただこうと評判らしいですよ」

「フーン。そうねぇー、だから妹も行ったってことよね。田辺さんも鼻が高いでしょ、若い女の子もいっぱいで」

「そうですけど……私は陰陽師と関係があるらしいっていうレベルですし。人生でメイン張れる人なんてほんの一握りですよ。せいぜいサブキャラですよ私なんか」

「またまたぁ、謙遜しちゃって。世が世ならスーパースターかもしれないでしょ。こういう時代だから深海に棲息してるみたいになっちゃってるけどさ」

「……私のことより……私のことなんてどうでもいいですから」

「アア、ごめん。確か最初に2人で京都旅行に来た時、寄った覚えがあるのよね。御所を見学するにはまだ早いし、近くにご利益のある神社があるからお参りに行こうって。眠くてボーッとしてた朝早くに誘われたのは覚えてるんだ。芳之は妙に真剣な顔してて、あんな顔見たことなかったからね」

「ご主人、それだけしか言ってませんでしたか？」

「ウーン、特にね。何か気合入ってたわね」

理沙子は少しずつ少しずつ記憶の糸を手繰り寄せようとしたが、長い年月によってヨレヨレになっていて、ところどころ虫食いもあった。

「そうそう、鳥居のそばに何か変てこりんな石像があって……天狗じゃないし妖怪でもないし。面白いねコレって言ったら芳之は、ゴブリンみたいなもんだよって笑ってたような……」

「ゴブリン……ですか」

「その後ゴブリンについて説明してくれたけど忘れちゃった。橋の下とかなんとか？」

どういうわけか田辺が憮然とした顔をしている。

どうせ役に立たないだろうと決めて話さなかったことを話してみようか、と理沙子は思う。少しは元気になってくれるかもしれない。タクシーに乗り込んだ後、必死に思い出した出来事だ。

「あのね、笑い話なんだけど聞いてくれる？」

「なんでも言ってください。参考になるかならないかは私が決めますから」

どっかの刑事みたいな高飛車な言い方だなと少々気分を害したが、田辺もさっきのゴブリン発言後、不機嫌そうだ。

「笑わないでよ」とちょっとおどけて機嫌を取ろうとする。

「芳之ったらね、お賽銭箱に一万円入れようとしたのよ。一万円札よ。慌てて止めたけどね。そりゃあもっとたくさん出すお大尽もいるでしょうけど、庶民よ庶民、私たちって。それとも私の金銭感覚の方が変？　芳之ったらポカーンとした顔して、本当はもっとご寄進したかったんだけどなって言ったのよ、確か。どんだけセレブなんだっていう話よ、ネェ。じゃあご祈祷してもらっていい？　って言うから、それは今度にしましょってあきらめさせたの。本当、子どものおねだりじゃああるまいし」

「ハァ……」と答えにならない息をついた田辺は、何かに納得しているような顔をした。

「マァ同じっていえば同じだから親近感湧くのわかるのよ、私だって」

田辺はじっと考え込んでいて反応がない。

田辺に負けないくらいアレコレ考えてみたが、芳之と晴明神社には因縁があるとしか考えられない。どの神社仏閣に行ってもフラフラしてろくにお参りもしない芳之が、かなり念入りに手を合わせていた。あの真剣さは〝らしくない〟の一言に尽きる。

ひょっとすると毎年朝早く散歩に出掛けていたのも、あの神社かもしれない。一人で出向けば5万円だろうが10万円だろうががうるさい妻に阻止されることもない。そんなに執着するほどの神社なのだろうか。まさか独身時代にご祈祷を受け、晴明の力を借りて私をゲットしたというわけではあるまい。そのお礼参りを長年生真面目に続けているというのは、さすがに無理があるだろう。

アァ、もうちょっとで真相にたどり着けそうなのに、と理沙子は地団太を踏んだ。

「理沙子さん！」

田辺が理沙子の足元を見て目で制した。

「スミマセン、私もモヤモヤしてしまって。なんだか整理がつかないのです。自分と関係があるような、ないような、記憶喪失の影響なのか。自分のことを理解できなくなる時が時々あって……」

「あんまり根詰めちゃあダメよ。もともと自分喪失してるんだから、それだけでもストレスでしょ。たまにチックってるよ」

理沙子は円形脱毛症の心配までしたが、もしできていても長いサラサラ髪がうまくカバーしている。よもや全部が抜け落ちるほどのストレスにはさらされてはいまい。イヤ待て……。

「ネェ、こんなこと訊いたらまたグラつくかもしれないけどそのサラサラ、ウィッグじゃないよね」

聞きようによっては大胆な質問だし、自家製の髪でも今の田辺の状態だとあっというまに真っ白く変色してしまう可能性だってある。

「なんですか、ウィッグって」

「アア、かつ……カッコいいよね、その髪」

危うい ところだった。〝口は禍の元〟がかろうじて言語野をかすめた。

「エッ、あ、ありがとう……ございます」

何かしら危ないワードをとっさにごまかしたなと気づいたが、田辺は大人の対応をする。

「そのお座りになってる像って晴明さんよね。晴明神社って冠ついてるのに他の人だったらおかしいものね」

田辺が開いていた晴明神社の映像を覗きこみながら今のやり取りをチャラにしようと試みる。

「ハイ、もちろん」

「そ、そうだ。あの像にね、芳之ったらハグしちゃったのよ、けっこうな時間。芳之にしては珍しく笑いを取ろうとしてるのかなと思って見てたんだけど、そのうち周りの参拝客の人たちが引いちゃって。やめさせようとしたわよ、私だって。でもね、あの変質者の奥さんみたいよって白い目でジロジロ見られるのがイヤで、離れたとこで他人のフリしてたわ。でもこんな話役に立つの？　うちの主人がかなり異質な性癖持ってるってだけじゃない」

晴明の石像を見たことで古い記憶がドンドン蘇ってきた。理沙子は一旦ブレスすると、「その後ね」とまた話しだす。

「反対側にモモでしょ、あの形って。あれもナデナデし始めちゃうのよ。完全におかしいでしょ。思い出したわ。あれ見て、私選択を間違えたって。一緒に京都に来たことじゃないわよ。結婚してしまったこと。帰ってからしばらくは悪夢にうなされたわ」

そうだった、そうだったと記憶が戻ってきたことは嬉しかったが、内容が内容だけに手放しでは喜べなかった。

新婚の理沙子と芳之が京都から帰って、数日してからだった。ほぼ鬱状態から抜け出すのにそれくらいかかったということだ。

「どうしてあんなことしたの？　像に抱きつくなんて……」

「ウーン、親愛の情っていうのかな。しなくちゃいられない？　キャンノットヘルプの世界観だね」

「どういうこと？」

「プレスリーだって歌ってたでしょ」

「よくわからないんだけど」

「アァゴメンね。古かったかな」

「じゃあ、あのモモ撫でてたの、なんなの」

「あれも同じようなことでさ、そうしなくっちゃいられない衝動にかられちゃったんだ。あの造形はすごいよね」

「だったら誰だってそうするでしょ」

「けっこういるよ、撫でてる人」

「撫ですぎでしょ。周りの人、痴漢でも見るみたいな目で見てたわよ」

「そりゃあひどいよー」


そう言った後、エヘッエヘッとひどくむせて、水、水と右手を差し出してきた映像まで浮かんだ。理沙子、やるじゃない。しばらくの間は脳ドックを受ける必要がないかなと思えるほどだ。

「なるほど。他の神社やお寺でもそういうエピソードをお持ちなのでしょうか、ご主人は?」

「そんなことあっちこっちでやってたら、それこそ職質ものでしょ。〝出禁〟にするところだって出てくるわよ。だからぁ他では見たことないわよ、芳之のあんな醜態」

「とすると、やっぱり特別な場所ということですね」

「アラ、田辺さんこそ特別な場所というか、聖地でしょ」

「もちろんです……ですが私のように身元もはっきりしていないのにお参りに行ってもいいものかどうかと今まで二の足を踏んでいたのです。この8年間、結局一度も……」

「エッ、一度もお参りしてないの。じゃあ御朱印もお札ももらってないってことだよね。そんな堅っ苦しく考えなくていいんじゃない。今日日《きょうび》パワースポットとかって、世のなんたるかもわからない女の子たちがキャーキャーと押し寄せるくらいなんでしょ」

もちろん由理からの受け売りだが、キャーキャー言っているというのは憶測であり、女の子だけじゃなくてアラフォーのオバさんたちも押しかけてはいる。

「そうらしいですね。私も正式にお参りして、あのご神木にお触りしたいです」

神様——晴明への厚い信仰心のため丁寧語を用いたのだろうが、この場合は〝お〟は省いて、触りたいと言った方が賢明ではないかしらと理沙子はアドバイスの是非を迷った。

ご神木ってあったかしらねぇとつぶやいて理沙子は記憶箱を揺らす。アァ、あのモモをナデナデした後に芳之が抱きついていた木がご神木なのかもしれない。遠目だったので表情はよくわからなかったが、周囲にいた人たちが指を指したり口もとに手を当てたりしていたので想像するのは容易かった。結婚生活を根本から見直さないといけないと本気で思ったものだ。

「何かセミみたいにへばりついていたかも」

「ひょっとしたらご神木のパワーをいただいていたのかもしれません」

「アーラ、そんなパワーいただかなくちゃあいけないほどのことしてたのかしらね。最小のエネルギーで最大の効果を得るっていうのがあの人のモットーよ。理想的ったらないわ」

「他には何か思い出せませんか」

そうねぇーと考え込みながら理沙子はスマホで晴明神社を検索した。

「へェー、晴明神社って鳥居の真ん中のところに星マークがついてるのね。なんとか神社じゃなくて……珍しいんじゃない？　今まで気がつかなかった」

「そうですね、五芒星というのです。晴明の代名詞と言ってもいいかもしれません。はっきりとした記憶ではないのですが、世界的にも魔よけの印として使われているらしいです」

フゥーン、理沙子の記憶箱がまたカタカタと音を立て始める。どこかで見たなぁ最近、どこだっけ？　カタカタと音がするだけで箱は開きそうにない。マァいいか、大勢に影響はないだろう、そのうち思い出すわ。

それより、目的地に着くまでに少しでも晴明なりその神社なりの知識を蓄えようと理沙子は田辺にゴメンと断り、スマホの画面に食らいついた。

こんなことになるなら芳之の部屋にあった陰陽師関係の本をよく読んでおけばよかったと後悔した。こんな状況を予測するかのように、あれっぽっちの蔵書の中に陰陽師関係の本が何冊かあったのも妙な話だ。単なる興味だけなのか、それとも仕事を辞めた後で陰陽師になりたかったのか。そんな非現実的なことをなかなか言い出せなくて、ある日突然「行ってくる」と決意表明して陰陽師になるための修行に出たというのだろうか。

鳥居の端っこで田辺は深く深く頭を下げている。自分の不徳を詫びているかのようにも見え、計り知れないトラウマが田辺にはあるのかもしれないと理沙子はそっと見守った。

タクシーを降りた後、田辺は緊張を隠そうともせずガチガチになった体を一歩ずつ前進させたが、その姿はバージンロードを進む花嫁の父のイヤイヤ歩きにもキョンシーの変則スキップにも見えた。

もっとリラックスしたらと理沙子が声をかけると、ブツブツというつぶやきを一旦やめ、「イエ、これは陰陽師独特の歩き方で、この日のためにずっと練習していたのです」と一般人にはよくわからない話が返ってきた。

鳥居の上を見ると、やはりあの画像のように一筆書きの星マークがついている。なんかあまりありがたさを感じない。田辺は魔よけだと言っていたが、どうしてもハートマークやハナマルのように女子受けするイメージがつきまとう。

思い出した。あの正体不明の芦屋さんからの転居ハガキにも星マークが――あれは六角形の星がディスプレイされていた。理香は解読できたのかしら、あの内容を……。

スマホで予習しておいたあれやこれやが目に入ってくる。左右を見回しながら60間近の大男を捜す。大きなキャリーバッグを持っているはずだが、そっちはあまりアテにならない。持ち歩いたことを後悔した伏見稲荷の一件以降、芳之はホテルに預けたり大型ロッカーを探したりしていた。

あっちこっちに星マーク――屋根、井戸、提灯、星だらけだ。絵馬まで五角形。理沙子はアメリカのTV版サスペンスで観たペンタゴンを思い出した。あのユニークな造形は忘れられない。そういえば、ＵＦＯを探している夫婦宿のお兄さんは今どうしているだろうか。

本殿前まで行くと、昔の記憶が再び蘇ってきた。芳之がハグした晴明像、なでなでしていた大きなモモ、そして右手にはあの時気づかなかった大木。

田辺は自分の任務を忘れてしまったようで、自由気ままに右へ行ったり左へ行ったりしながら両手で変な動きを繰り返している。しばらくは使いものになりそうもないので、理沙子は好きにさせることにした。

境内のどこにも芳之の姿はなかった。

そうなると——聞き込みをするしかない。なにしろ沢辺とかいう新参者の情報は、「午前中に晴明神社で充電」というあやふやな話で、真実かどうか定かではない。

今いる参拝客に尋ねるより、神社関係者に当たった方がよさそうだ。入り口そばに売店のような建物があった。最初から神職に尋ねるのはおこがましいし、周囲から傍証を固めていった方がなんとなく刑事っぽい気がした。サスペンスマニアの理香ならきっと賛成してくれるはずだ。

スミマセン、客ではないのですが……一声かけて申し訳なさそうな態度で中に入る。陰陽師グッズがところ狭しと並べられているのをかき分け、スタッフを見つける。

「あのー、この人を捜しているんですが見かけませんでしたか？」

理沙子は警察に預けた写真のカラーコピーを見せ、2人のスタッフの顔を窺った。2人は顔を見合わせた後、「この方かどうかわかりませんが、お昼前頃、救急車騒ぎがありましてね。社務所の方へ問い合わせてみたらいかがですか」と年配のスタッフが答えた。理沙子は救急車の一言にドキッとした。去り際に由理が言っていなかったか？

ここのはす向かいにありますからと教えてくれたが、あそこは最後にしておこうと「ありがとうございます」とだけ礼を言って向かうふりだけした。セカンドチョイスはお守りやお札を授けている巫女さんのところだ。

神に仕えるといえども好奇心の旺盛な若い女の子だ。境内で起こったアクシデントはしっかりと把握しているはずだ。万が一救急救命士の資格を持っている巫女さんだったら救命活動に一役買ったかもしれない。

そうだ、そういえば……あれはいつだったろう。

友人夫婦と4人で銀座の有名なフレンチで食事した時のことだった。空腹のところに調子にのってシャンパンを3杯続けて飲んで気分が悪くなったことがあった。どうしようかと困っているところに颯爽と現れたのは救急救命士の資格を持っているというソムリエだった。理沙子は2人のスタッフに椅子ごと運ばれ、別室でソムリエに介抱された。

可能性は無限だ。

「先ほど騒ぎがあったらしいですが、この人ではありませんでしたか？」と同じようにスマホをかざした。

アレッ……この方……とアイドル顔をした若い巫女さんが答えようとしたところで、興奮した理沙子が正直に吐かないと喰ってしまうぞみたいな顔をグッと近づけたため、巫女さんは口を閉ざし、後ずさった。「ここには霊やら鬼やらいろいろと集まってくるのでリスクマネジメントはしっかりしときなさい」とでも上司に釘を刺されているのかもしれない。もちろん五寸釘だ。

顔の前で右手の指を器用に縦横に動かしているが、何かのおまじないだろうか。聞こえるか聞こえないかの声でブツブツと何か「……ざいぜん！」、最後だけ音量が上がった。

理沙子はキョトンとした顔をして巫女さんを眺めていたが、ここではお札をもらいに来る人に一流のサービス精神を発揮して、こういうパフォーマンスをしているのだろうと勝手に解釈した。一方の巫女さんは、どうしてこの人は退散しないのだろうか、自分の修行がまだまだで、なんの効力も発揮しないのだろうかと自己不信に陥っていた。

「あのー、十分サービスしていただいたのに申し訳ないのですが、お守りやお札の話じゃなくてこの人の所在をお聞きしたくて……」

巫女さんは何かの術から解けたかのように脱力し、ゴメンナサイ勘違いしてと頭を何度も下げる。何を勘違いしていたんだろうと理沙子は疑問だったが、それが自分の必死な顔が鬼に見えたためだとは思いもしなかった。

「……一般の方ですよね？」

妙な質問をするなと理沙子は変に思ったが、「ハイ、そうですが……芸能人ではないので」

とんちんかんな答えをした。

「スミマセン、ここにはいろいろと集まりますもので……」

そりゃあ、パワースポットですものね。

意図したわけではないが禅問答に近いやりとりになっていた。

「ところでこの人見かけました？　さっきお心当たりがあるようでしたが……夫なんです、行方不明の」

この人は何か知っていると感知した理沙子はついつい倒置的な訊き方になる。

「ハイ、たぶんですが、本殿の前辺りで具合の悪くなった参拝者の方がいて、救急車を呼んだ方が無難だろうと出動要請したらしいです。大柄な方でしたよ」

「そんな、救急車呼ぶほど具合悪そうでしたか、死んでしまいそうなほど？　それでどこの病院へ運ばれたんです？　まさか病院以外……」

また理沙子は切羽詰まりケータイを印ろうのように突きつけ、糸切り歯をむき出しにしたせいで顔つきが鬼の形相に変化した。そして巫女さんはまた一歩下がり、手を上げ身構える。

理沙子は夫の一大事、生き延びたのか生死のはざまを漂っているのかを一刻も早く知りたかったのだが、かたや巫女さんは害のなさそうな人間に化身している鬼の可能性も残っていると再び警戒し始めた。

「わ、わたくしには詳細はわかりかねますので……社務所の方でお聞きになってください」

もし人以外の何物かであっても神職たちであれば、なんとか成敗してくれるだろうとセカンドオピニオンを勧める。少なくとも自分たちよりは法力を持っている方たちだ。

理由についてはまったく異なっていたが、理沙子もラストチャンスである社務所に行こうと決めた。あらかた外堀は埋まってきていて、芳之であるのはほぼ間違いない。ラストピースは救急車で、どこに運ばれたかだけだ。

表に出るとダメモトで芳之のスマホを呼ぶ。予想通り何の反応もない。よほどの瀕死状態なのか……充電切れか。

それにしてもクライアントをほっぽり出して田辺はどこへ行ってしまったのだ。一番大事な時にどこで油を売っているんだ、あのハードディスクは。

ここまで来たからには田辺に頼らずとも一人でなんとかしよう。田辺に出会う前だって幾多の難関を乗り越えてきたではないか。田辺の手を借りなければならないことは、もうあまりないかもしれない。

もし田辺が並外れた術者であったなら搬送先もすぐわかるかもしれないし、ケガだか病気だかも治してもらえるかもしれないが、あの告白を聞く限り、陰陽師ではあってもスタンダードレベルを超えているとは思えない。万が一そういう能力があるのなら義母に連絡して田辺をまた派遣してもらえばいい。

ここから先は私一人の戦いだ。

まなじりを上げ、社務所の戸を開けた。「たのもう！」とは声を上げなかったが、それと同じくらいの気合は入っていた。

ちょっと前に救急車が来るという騒動があったというのに慌ただしい雰囲気は一切なく、数人の神職が静かに執務をこなしている。所轄2階の雰囲気を3倍くらい静謐にすると、こうなるといったところか。

高揚していた理沙子の気分はしぼみ、あのーとお伺いを立てるように声をかけた。白衣に浅葱色の袴をまとった一人の若い神職が理沙子に気づき、どうしましたと優しく声をかけた。

「権禰宜《ごんねぎ》の須藤といいます」と丁寧な自己紹介をする。

その声に気が緩み、理沙子はゆっくり息を吐く。きっと権禰宜というのは役職か階級なのだろうなと冷静な思考までできてしまう。

「実は人を捜していまして、数時間前にこちらの境内で見かけたという話を聞いて伺ったのですが……」

できるだけ丁寧に、どうかバチなんか当てないでくださいとそっと願いながら、スマホの画面をうやうやしく差し出した。

「この方は……お身内の方ですか？」

私の主人なんですと言おうか、この人の妻なんですにするか一瞬迷ったが、理沙子は「ハイ、妻です」ともっともシンプルでわかりやすい答えにした。

「あーそうですか、よかったです。ご家族への連絡方法がわからなかったもので」

「じゃあやっぱり救急搬送されたというのは……」と理沙子は両手で鼻と口をふさいだ。

「ご心配ないと思いますよ。ひどく疲れていたようで足腰がおぼつかなかったのと、私たちの見たところでは顔や手足に傷がいくつかありましたが、そんなに致命的なものはなかったようですよ。意識もしっかりしてましたし。お一人のようでしたので、とにかく救急車をお願いしました。先ほど搬送された病院がどこなのかを連絡していただいたので……アッ、しかし……」

そう言って後ろを向き、事務仕事をしていたと思われるもう一人の神職となぜかアイコンタクトした。

「……何か？」

スマホを引っこめながら理沙子は嫌な予感がした。

「たいへん言いにくいのですが、何か身分を証明できるもの、つまりご主人とおっしゃる方との関係が明白にわかるものをお持ちですか？　先ほどの映像は確かにお宅様がおっしゃる方だと思うのですが、夫婦関係を証明するものではありませんので。近頃はこういうことには厳しいもので、つい先日も情報管理のレクチャーを聴きに行ったばかりなのです。ご存知のように最近はいろいろと想像もつかないような事件がありまして、私どもも苦慮しているのですよ」

そうか、ここでもまた身分の確認か。しかも芳之との関係を示せということか……警察の尋問にでもあっているかのような気になる。

あんただって陰陽師の端くれなんだろうから占いだかまじないだかをして、その辺は確認できるでしょとふてくされたが、神につまりは晴明さんに仕えている人にジッと見つめられると、今まで犯した小悪事まで見透かされそうでブルッと体が震えた。

「ウーン、これまた言いにくい上に不躾な話なのですが、仮にお宅様があの方の奥様だとしてですね……アーどう言ったらいいのかな、仮にですよ、あくまで、仮にお宅様が家庭内暴力を振るってて……仮にですね、あの方がそれに耐えられず逃亡しているとしたら……」

……ため息が出た。仮の話がたくさん出たが、そういう捉え方も無きにしも非ずか。

仮の話はまだ続く。

「ましてや……これも仮にですよ。重ね重ねの失礼を承知でお話しするのですが、ましてやそれが理由で裁判所の接近禁止命令が出ていたりしたら、私どももその暴力に加担する、つまりは万が一の話ですが違法な行為に手を染めてしまいかねないのですよ」

鬼になっては絶対いけない立場にいたが、権禰宜須藤は心を鬼にして厳しい態度を取る。

かたや人間須藤は、この奥さんが行方不明になった夫を追ってようやくここまでたどり着いたのに、自分が立ちふさがってその希望を打ち砕いてしまっていいのかと忸怩たる思いでもいた。

DVといっても、あの大きな男にどんなお仕置きをしているのか想像がつかない。グーパンチをしても自分の拳が骨折するのが関の山だろうし、可能だとは思えないが後ろから羽交い絞めにしてもちょっと体をひねられれば、こっちが吹き飛んでしまうだろう。物理的にはDVなんてあり得ない。マァ言葉の暴力はゼロとはいえないかもしれないが……。

理沙子は、あの安倍晴明を祀る神社でさえ現代のジレンマに悩んでいるのかと同情しそうになったが、問題はそこではないと自らの立場を省みた。

「……どうしたらいいのでしょう？」

もう一歩というところまできて、またまた八方ふさがりの状況になってしまった。

本人確認なら運転免許証の提示で簡単に済む。夫婦の確認だって、どうしてもというなら京都府役所に出向けば東京の住民票を取り寄せることだってできるはずだ。

しかし、夫婦関係が良好で暴力沙汰がなかったことなんて、どうやって証明すればいいんだ。毎日撮った満面笑顔の２人の写真を３６５枚提示すればいいのか、結婚してから始めた愛情の証の交換日記を見せればいいのか、2人でベッドに入ってピースサインでもしている写真を恥を忍んで見せればいいのか。

どれも手の内にない……。

理沙子は頭を抱えた。そんな都合よく、仲のいい夫婦です……の証明ができるだろうか。須藤とかいう権禰宜さんは生真面目の上に気難しそうだし、おべんちゃらを言っても搬送先を漏らしてはくれまい。

うまい具合にこの難関を突破しても次に控える病院でも同様の壁にぶちあたるだろう。ゴーフォーブロークもけっこう疲れる。

そうだ、どうせそうなら、ワンステップだけならなんとかなるかもしれない。

「あのですね、今ここでいろいろと証明をするには材料を持ち合わせていません。取るものもとりあえず東京からこちらに向かったもので」

出掛けるまでに5日間かかったのは、この際情報として挙げる必要はないと割愛した。

「こう言ってはナンですが、当然病院でも同じ質問を受けると思うのですよね」

「たぶんそうでしょうね。病院の方が厳しいかもしれません」

「そうなるとですね、ダブルチェックも大事なのは理解しておりますが、もし何か面倒なことが起こったら……もしですよ、起こるはずがないのですが……最終判断を下した病院に責任があって、こちらには判断を病院に委ねたという事実しか残らないのではないでしょうか。病院に責任を転嫁すればいいと言うつもりはありませんが、こちらでハードルを上げて自らお悩みになるよりはよろしいのではないでしょうか。こんな話、私の方からすることではないと重々承知の上でのご提案です」

理屈をこねまわして煙に巻こうとする悪徳弁護士のような気分になり、理沙子は背徳感に苛まれたが、なんとしてでも納得してもらえなければ次のステージに進めない。ロールプレイングゲームの難関ステージに立っているようだ。

腕を組んで考え込んでいた須藤は、アイコンタクトをしたおそらく上司に、どうしましょうという顔を向ける。大きな顔が上下に小さく振れた。

「仲のいい夫婦と世間様が認める夫婦でも、さっさと離婚するようなご時世です。夫婦仲がどうであるかは本人たち以外知る術はありません。夫婦仲良し確認アプリなんてものがあったら今からでもインストールしてお見せしようという意欲は十分ありますが、悲しいかなそれも叶いません。くだらないアプリを開発してる暇があったら、世のため人のためになるそんなアプリをつくれよと声を大にして言いたいです、私は」

少しずつ本線からは外れていっているのは認識していたが、必死さをなんとか理解してもらおうと理沙子はがんばる。

権禰宜須藤も、なーるほどの顔にはなってきたが、まだゴーサインを出すには至っていなかった。必死な思いは伝わっているらしいが、愛する夫を見つけ出そうとして必死なのか、その後でしばこうとして必死なのかの判断がつきかねているらしい。

「……お気持ちは十分に理解……」

この前置きはまだ拒否的見解であるなと即時判断した理沙子は泣き脅しに出た。

「脅すつもりなど毛頭ございませんが、万が一、夫が瀕死の状態で今際の際に私が立ち会えないとしたらどなたが責任を取ってくれるのでしょう。あんな図体をしていても持病があって……」と両手で顔を覆った。

また小さな嘘をついてしまった。あんな図体でも芳之はすこぶる健康だ。自己嫌悪に陥りそうになったが、どんな悪事を働いてでも芳之の行方を訊き出そうと理沙子も心を鬼にした。場所が場所だけに鬼になるには抵抗があったが、晴明さんも自分の気持ちを汲んでくれるだろうと楽観視する。

そしてさらに追い打ちをかける。もしこの奥の手がダメなら他に術がない。

「もしお聞きいただけないのなら……私、恨みます」

髪を逆立てるのは生理的に無理だったが、口角を下に引き、三白眼を上目遣いにしてすごんだ。

須藤もただならぬ気配を感じたのか、スッと身構える。

「黙っていましたが、私にだって高名な陰陽師の友人がいますのよ。今ちょっと席を外してますけど……彼に頼んで悪名高いすど……すと……すどう……はあなた、よね。なんだっけ、あの京都の街を暗黒の世界にしたっていう怨霊は」

芳之がいなくなってから情報欲しさにテレビをザッピングしていた時、ＢＳで放映していた京都の怨霊を特集した番組をなんの気なしに見ていた。そのうろ覚えの知識を引き出そうとしたのだが。

「差し出がましいようですが……崇徳院……でしょうか？」

オレのバックには有力者がいるんだぞという脅し文句としては最低レベルのフレーズを使ってしまって自虐めいたところに、脅す相手に先を越されてしまうという失態まで演じた。

「わ、私だって知ってましたよ、そんなこと。ただこの齢になるとなかなか戻ってこないの。あなただってもう20年もすれば悩むわよ」

「ハイ。それで崇徳院がどうしたのでしょうか」

「そうよ、その崇徳院だか天皇だかの霊を呼び出してもらって、あなたたちに呪いをかけてもらいますからね。子々孫々までよ、悪いけど。なんか最強の怨霊なんでしょ、面識はありませんけど」

脅迫の基本は、どうせできないことをさも楽々できるように相手に悟らせることだ。

「なんなら将門さんだってお呼びしてもよろしいのよ。エッ、時代考証……そんなのどうでもいいの。私の守護霊は将門さんの親戚にあたる人だって神戸の占い師さんが言ってたんで、そっちから手を回してもらうから」

こうなったら登場人物を総動員してでも屈服させてやるとヤクザな気持ちになった。

どうせハッタリだと須藤は無視しようとはしたが、肩越しに後ろをチラチラと見つつ対処の仕方を決めかねていた。上司らしき神職からの手助けを期待していたが、ここがおまえの正念場だとでも取れる顔をして須藤を見据えている。

これは私の脅しが奏功したのかと下を向いて理沙子はニンマリした。

須藤は、この奥さんは身なりや物腰はまともそうだが一皮むけば危ない人種なのかもしれないと認識の転換を図り始める。エキサイトしすぎて歯止めが利かなくなったともいえるが、隠れていた気質が姿を現してきたのかもしれない。もしそうならこれ以上関わらない方が無難だ。

〝触らぬ神に祟りなし〟

ただ、あんなわかりやすい脅しに屈して同意したと思われるのは癪だ。「悪霊祓いはお手のものですが、合理的に考えればどこの病院かお話しするのがいいかもしれませんね」と余裕綽々の態度を取ってみるか。

イヤイヤそれよりも、オーこわこわとムンク顔を見せて脅しにのったふりをしておちょくってやろうか。これでも高校時代は演劇部で、文化祭にジャン・バルジャンを演じたほどの実力者だぞ。

須藤が一人でニヤニヤとしているのを見た理沙子は、恐怖のあまり精神に異常をきたしてしまったのかとやりすぎた自分を後悔していた。思っていたより柔な精神をしているみたいだ。

あそこまで言ってしまうとトップの宮司さんを呼ぶかもしれず、もし冗談のわからない頭の固い宮司さんだったら祭神である安倍晴明の御霊を蘇らせるしかあるまいと考えるかもしれない。それこそ京都の街は超能力戦争の舞台になってしまう。おかしくなった須藤も頭にロウソクを立てて参戦しようとするだろう。

「あのー、お言葉ですが、安倍晴明は地獄とコンタクトができて鬼や霊とのネゴシエイターの役目もしておりましたので、悪霊らとも懇意にしております。事を荒立てず手打ちにしてはどうかとおっしゃるはずです。申し遅れました、わたくし、ここで禰宜を務めております」

ハッタリにはハッタリを……沈黙を破り、須藤の上司はドヤ顔をしながら理沙子に近づいてきた。あまり注意していなかったので気がつかなかったが、神職のくせに生活習慣が乱れているのがはっきり見て取れる体型をしている。

「若い者が失礼しました。職責を果たそうと懸命だったのです。もっと早くわたくしがお話を伺えばよかったのですが。よろしければ先ほどのご提案のように、あとは病院でなさっていただけますか」

よろしければもなにも、再三そう言っているではないかとスッと気が抜けた。わからず屋のアンタの部下が事をややこしくしてるだけじゃない、と文句を言おうとしたところにぶっとい指にはさまれた二つ折りのメモ用紙が差し出された。メモは普通の四角形なんだとまた気が抜けた。受け取って開くと、大きな星マークの中に病院名が印刷されている。フェイントなのか、抜かりはない。

理沙子が顔を上げると、ネッという子どもっぽい表情を浮かべている。調整能力が優れないと中間管理職は務まらないのかしら。

メモを掌に握ると、理沙子はターンしてゴールを狙うフォワードよろしく華麗なステップで振り返り、難所社務所から飛び出した。

これでウィンウィンだろと須藤が言われているのも聞こえなかった。

何も考えず参道を全力疾走した。他人からは全力で走っているようには見えなかったかもしれないが、そんなことどうでもよかった。

大通りに出ると両手を振り回し、停まったタクシーに飛び乗る。

息が切れていてすぐには行き先が言えず、ドライバーさんに「悪漢にでも追われてますのんか」と心配された。病院の名を告げると「誰かケガでもしたんですな」と一人合点し、「それじゃあ行きまっせ」とアクセルを強く踏み込んだ。

Ｇがかかった瞬間、田辺を置いてきぼりにしたことに気づき後ろを振り返ったが、景色はどんどん小さくなっていく。ドライバーさんは一刻でも早く病院に着くことだけに集中していて、今さら引き返してくれなんて言えない。

田辺も自分自身のホームグラウンドにいるのだから何よりだし、たとえクライアントの存在を忘れてしまっていても怒る気にはなれなかった。なんせ憧れの地、高校球児にとっての甲子園と同じだ。

料金を支払うと、「お大事になさってな」と車中一言も口を利かず使命感に突き動かされてきたドライバーさんはそう声をかけ、ニコッとした。混み合う京都の道などなんのその、黄色信号は当然のごとく突っ込み、隣車線に無理やり割り込み、フルスロットルで右折した。速度超過は言うまでもない。

運が悪ければずいぶんの罰金と減点を食らうだろうし、最悪取り消しになったかもしれないが、きっと晴明さんのご加護があったのだろう。敬虔な陰陽道信者かもしれないし、安倍晴明の熱烈なファンかもしれないし、単なる街道レーサーＯＢであるとも考えられる。

数分の道のりは目をつぶってさえいれば、そして左右への体のブレを我慢しさえすれば、快適とは言えないまでも十分耐えられるものだった。

芳之が搬送された病院は大きな総合病院だった。自動ドアが開くのももどかしく肩をぶち当てながら院内に入る。受付はどこだろうかと広い待合室ロビーを見回しているところに、どうしましたかと後ろから声をかけられた。

女性としては大柄の、芳之の体を二回りくらい圧縮した理沙子と同年輩の看護師が顔を向けている。ただならぬ雰囲気の理沙子に、注射はしませんから安心してくださいとニコニコして緊張感を和らげようとした。

「あ、あのー、主人が、主人といっても証明はできないのですが。それと仲良しだったかどうかもうまく説明するのは難しいと言っていいです」

正直に告白する。

「ハッ?」

口角を横に引いて笑みをつくろうとしているが成功しているとはいえない。首から下げた職員証によると五十嵐というその看護師は、気づかれないように警戒レベルを上げた。モンスターペイシェントではなさそうだが、まともな患者さんではない。

「落ち着いてくださいね。誰もご主人との仲を引き裂こうなんてしませんから」

「あ、ありがとうございます。救急車で、救急車で来たんです」

「あなたが……ですか?」

「ち、違います。主人です。主人が救急車で……」

なるほど夫婦仲が悪くて別居でもしていた旦那が救急搬送されたので慌てて飛んできた

というわけか。

五十嵐は「それでしたら救急管理部ですね。そこのエレベーターの脇にある通路をずっとまっすぐ進んでください。途中にドアがありますが、それも突っ切って行くと救急患者さんの付き添いの方用の待合室がありますから」と身ぶり手ぶりで示した。

ありがとうございますと言い終わらないうちにスタートを切った理沙子の背中に、「走ってはいけませんよー」と小学校の先生を彷彿とさせる声がかかる。

ほとんどストレートな通路を病院職員や患者さんとすれ違う時だけ減速し、ほとんど速足で進んだ。ここで小学生並みに歩いているようでは、あのドライバーさんの気持ちに報いられない。

クランクがいくつもある通路だったら迷子になったかもしれないが、実験用マウスでも難なく行きつけるような道筋だった。救急待合室というプレートのついた両開きのドアの前で一時停止し、一つ息を整えるとゆっくり押す。

あの五十嵐という立派な体格をした看護師さんは管理部と言っていたので、どこかに誰か差配する職員さんがいるはずだと部屋中を見回す。ブルーの長椅子が平行して7、8列配置されていて何人か座っているが、職員と思しき人はいないようだ。

タクシーの中では病院に着いたら自分のアイデンティティーをどう説明しようかと散々悩んだが、それより今は芳之の安否の方が優先事項だ。あそこの家族らしき人にどうしたらいいのか尋ねてみようと二、三歩足を踏み出した。

何気なく前方を見ると、一番前の長椅子の一番隅にやけに座高の高い人がいる。大きな頭。見覚えのある首から肩へのライン。

芳之だ……。たぶん。

駆けだそうとした理沙子の足を止めたのは五十嵐の警告ではなく、大学1年生の時のトラウマのせいだった。

友人と学食でお昼を食べている時、隣に座った男の子がしばらく会っていなかった幼なじみと瓜二つで、なんの疑いもなく肩をたたき、ハグしようと両手を広げた。振り向いた彼はまったくの別人で手のやり場に困ってしまった経験を、今でも理沙子は忘れていない。

どうしてこんな感動的な場面で30年も前のそんな忘れてしまいたい出来事を思い出してしまうのかと情けなかった。

横顔でさえ誤認したのだから後頭部だけで決めつけてしまうのは危険極まりない。しかもあの時より判断能力は格段に低下している。しかし、踏み止まるという冷静な判断ができるだけまだましだし、あの時学習したことも忘れてはいない。

駆け寄りたい足を宥めながら一歩ずつそっと近寄る。緊張してしまって田辺が練習していたような歩き方になる。

ほぼ芳之と確認できる位置まで音もなく近づくと、理沙子はワッと驚かしてみようかと年甲斐もないことを考えた。その瞬間、うつむいていたほぼ芳之がロボットのごとく始動した。

ウッと驚いたのは理沙子で、尻もちをつきそうになったのをがっちり受け止めたのは太い左腕だった。

「理沙さんどうしたの、こんなとこで」

芳之のバリトンが理沙子の鼓膜を震わせた。

「ア、アーン」

理沙子の言語能力は封鎖され、生まれたての赤ん坊と同等の意思表示しかできなくなる。芳之の左腕に抱きつき、鼻をグスグスと鳴らす。さすがにポッキーの悪夢は蘇ってこなかったが、鼻の奥の方に何かが詰まっているような変な痛さがある。

包帯の巻かれた右手が理沙子の頭を撫でる。

頭に受ける感触が変なことに気づき、理沙子は我に返った。

「どうしたの、その手」

「アァ、小指の骨折。副木してあるからちょっと大げさ」

ゆっくりと顔を上げると、あちこちに絆創膏やら消毒薬を塗られている以外はいつもの芳之の顔があった。前歯には虫歯は1本もないんだと自慢していた、齢には似合わぬきれいな歯が覗いている。

「どうしてここにいるの？　よくわかったね」

「どうしてじゃないでしょ、あんな紙っぺら一枚残しただけでいなくなっちゃって。大変だったんだから。死に場所探して出掛けたのかもしれないし、悪いヤツらに拉致されたかもしれないって」

　嘘ではなかったが、あまり大きな可能性としては考えていなかった。

「理香なんて女と逃避行なんて言うんだから」

「フフ、さすが理香ちゃん」

「さすがじゃないでしょ」

「ゴメン。なんのメッセージも残さないよりは一言でも書いた方がいいかなって……心をこめて書いたんだけどな」

　確かに心のこもった素敵な字ではあった。

「書けばいいってもんじゃないでしょ」と大声になった。

　包帯付きの右手が後ろを指し、他の人に迷惑だからと言った。

「……書けばいいってもん……」

　泣き声を上げそうになったが歯を食いしばって堪え、その代わりに太ももを思い切り殴ってやろうと右の拳を振り上げた。

「ア、ア、ア、その辺、打撲傷」

振り上げたグーはチョキになりパーになった。

「アー、もう」とパーは空を切る。

「いったいどうなってるの、こんなとこで座ってるなんて。おかしいでしょ。救急車で運ばれたんならそれ相応のシチュエーションでいてよ。病室で酸素マスクつけられて横でピーピー機械が鳴ってるとか、その上にドクターが乗っかって心臓マッサージしてる風景が普通でしょ。絆創膏と包帯って私でもできるじゃない」

どれだけ心配したかを思い知らせるために理沙子は心にもないことを重ねた。

「イヤー、それだけじゃあないよぉ。いろんなケースがあるからさ。手に棘が刺さっただけで救急車呼ぶ人だっているしね」

あなたもその一人ってわけね、ここでボーッと座ってるくらいだから。だったら私が救急車で運ばれたいわ、ぶっとい棘が心に刺さってるんだから。そう憎まれ口を心の中でたいた後、妻としての真っ当な心配をした。

「本当に大丈夫なの？　神社の人に訊いたらずいぶん具合悪そうだったんで救急車呼んだって言ってたよ」

「アア、あそこで聞いたんだ。でも大丈夫だよ。これが一番重傷かな」と言って他の3本と一緒に包帯に巻かれた小指をもう一度見せた。

「かなり重傷だと判断したんじゃないかな。ストレッチャー押してきたんだよ。オーバーでしょ。『大丈夫ですよ』って言って隊員の人の肩借りて自分で乗り込んだんだ。今考えたらストレッチャーに乗ってみるのもよかったかな。なかなかできない経験だものね」

いったいこの人は、どうしてこういう発想ができるんだとあきれるより感心した。

「マァそうは言っても疲れてたからね、助かったよ」

時々まともになる。

「あなたこそどうして京都になんか来たの？　それでどうしてあの神社にいたの？　まさかまた像をハグしてたんじゃないでしょぉね」

「ウーン、最終地点が京都なんだ。ちょっと面倒なことがあって」

まさかとは思うけど日本全国あちこちに女がいて無差別に爆発が起こったってことじゃないわよね。

「エネルギー不足になって力をもらってたんだ。充電中に救急車来ちゃってね」

また充電の話だ。

「ここにいるってことは入院しなくてもいいの？」

「ウン、一通り調べてくれたみたいだよ。頭のCTまで撮ってもらったし。ただもしものことがあったらいけないからって、ここで2時間ぐらいは待機していてくださいってさ。残り1時間と少しかな」

どれだけ肺の中に溜まっていたんだというくらいの長い長い息を理沙子は吐いた。不安や苦悩や苛立ちまでをも一緒に吐き出すかのようだった。

「大丈夫……？」

目をつぶったまま、アンタに言われたくないとひねくれた。この人はどうしてこんなに落ち着いているんだ、そして軽傷とはいえ何があったんだ。

「私は大丈夫よ。それより何があったの？」

「ウーン、いろいろちょっとね」

……でしょうね、きっと。

「言えないの？」

「そうだね、後でゆっくり話すから」

「1時間では足りないってこと？　きちんとした発音ができてるから喉も負傷していて話しづらいってことじゃないわよね」

「……」

何か隠している——かもしれないレベルではなく絶対隠している。

「……おんな？」

「エッ、エエッ」

目が泳いだ。

まるで想像もしていなかったことを指摘されてビックリしたのか、図星かだ。

図星だとすると、この傷は別れ話がもつれて相手が暴力沙汰に及んだのか？　この大男を相手に強気な女だ。しかし、自分もそんな疑いをかけられたばかりなのであり得ない話ではない。それに骨折をしたのが小指というのもなんだかイヤらしい。

理沙子の妄想はドンドンそっちの方に移動してゆく。

「そ、そんなぁ、濡れ衣だよ。この齢になって……イヤイヤこの齢じゃなくてもあり得ないから」

芳之の脳裡には、この齢じゃなければしてたってこと、と喰いついてくる理沙子の顔が映し出され、即訂正した。長い結婚生活で身に着いた防衛本能は切羽詰まった場面でも機能する。

「でも秘密にしてることはあるってことよね」

肉体的ダメージを受けている人に、しかも夫を尋問するのは忍びなかったが、〝また後でね……〟であやふやにされた経験が今までに何度もあった。芳之の〝また後でね〟は〝もうないよ〟と同じ意味を持つ。

こんな時にこんな場所でと芳之は考えているのだろうが、理沙子は今ここでしかチャンスはないと確信していた。

「あなたがいなくなってから病院にも行った、警察にも行った、吉祥寺のマンションにも行ったのよ。散々な目にあっていたのをあなた知らないでしょ」

「警察やマンションはなんとなくわかるけど病院にも行ったの？　具合悪かったの？」

「それこそ後でゆっくり話すわ」

アンタがいなくなってからどれだけ大変な目にあったか、帰宅してからたっぷり聞かせてあげるから……それこそ1時間じゃあ済まないわよ。

「どこへ行ったのかわからなかったけど、行くとしたら実家くらいしか思いつかなかったわけ……女同伴じゃあなければね」

「こだわるねぇ」と芳之はことさらイヤな顔をして続けた。

「じゃあ鳥取も行ったの？」

「その前に神戸」

「神戸？　どうして？」

「誰だっけ、あなたの友だちいたでしょ、占い師の」

「アア、芦屋君ね。でもどうして神戸にいるって知ってたの。話したっけ？」

「あなたの引き出しから探し出した。変なハガキ」

「エッ、ガサ入れしたの」

「自分が悪いんでしょ。どこへ行くとも書いてなかったし、残された方は見つけようとするでしょ。逃げたら追いかけたくなるのが人間の性、いなくなったら捜そうとするの当り前でしょ。去る者は追わずなんていうカッコいい言葉、私の辞書にはないから」

「ハイ、自業自得です。それで会えたの、芦屋君に」

「ウウン、留守電。なんだっけ、そう助太刀とかなんとか、時代錯誤のメッセージ入ってた」

「だよねぇ、使わないよね今時そんな言葉」

「どういう関係なの、あの人と」

「ウン、芦屋君の家とは昔いろいろとトラブルがあってね。昔っていっても〝いわれてる〟の時代にね。人が言うほどお互いひどいことはしてないんだけど、仲が悪くてライバル関係の方が話としては面白いのかな」

「アバウトすぎてよくわからない」

「とにかくずっと昔からの知り合いなんだ。今はとても仲良くしてるし、頼りにもしてるんだ。残念だったね、会えなくて」

「それほどでも……それから鳥取よ。大本命だったのにお義母さんは来てないって言うし」

「そうだったの。オフクロ元気だった？」

「どこが調子悪いのっていう感じ。それで、あなたがどこかへ行っちゃったって話したらそれほど心配した様子はなくて拍子抜けよぉ。心配させないようにするにはどうやって話すのがいいのかイヤというほど考えてたのに」

芳之の口角がほんの少し上がったので笑ったのかもしれない。ボサボサの髪をほぼ無傷の左手で掻いている。

「それでね、陰陽師くずれがいるから手を貸してもらえばいいよって……」

「アァ、ナベちゃんね」とケガ人のくせに元気よく言って、すぐにウッと両手を口に当てた。負傷している右手まで使ったということはよっぽどまずい発言だったのか……ナベちゃん。

「エッ、知ってるの、田辺さんのこと。お義母さんもナベちゃんって言ってた。どういうこと。じゃあやっぱり田辺さんが同居している時期があったのも知ってるのね。何も言ってなかったじゃない」

「ウーーン」

芳之が唸っている。

大きく息を吸って「ウーーン」とまた唸った。

田辺という存在は、そんなに大きなものなのか――パワーアップのために今も晴明神社で祈りを捧げているのだろうか。ご祈祷を受けて感涙にむせんでいるのかもしれない。人見知りでスタバが苦手だけど、私のお気に入りのあの陰陽師が……。

「そうだね、今なのかもね」

うつむき加減でいた芳之がおもむろに口を開いた。

「なんなの？」

「いつかは言わなくちゃあいけないって、ずっと考えてた」

芳之がそんな長期間考えてたことっていったいなんだろう。またハチャメチャなプランを言い出すのではないだろうか。あの田辺さんの弟子になって陰陽師の修行をしたいので鳥取に移住なんて、よもや夢にも思ってないだろうな。オフクロの介護もできるから一石二鳥じゃない？　なんて言い出しそうで……こわい。

あのね……芳之が意を決して話しだそうとするのを、

「ア、待って待って、いい、話さなくていい……っていうか聞きたくない。どうせろくでもないことでしょ。いつだってそうなんだから。もう精神的に疲れ切ってるのにこれ以上訳のわからない話聞くの苦痛」

両掌を顔の前で構え、もうたくさんだからをアピールする。

「……でも……いい機会かもしれないしなぁ。それとも、理沙さんが考えてるよりもっと荒唐無稽な話に発展しそうだから日を改めようか」

鳥取移住も理沙子にとっては十分荒唐無稽な話だと思うが、それよりボリューム感のある話だとするとまったくついていけそうにない。それでも、どれだけ荒唐無稽な話なのか興味がないと言えば嘘になる。

「いいわ、覚悟するから。話して」

「どこから話せばいいのかなぁ。理解してもらうのも難しいかなぁ」

長い間考えていたわりにはスタートもままならない。盛り上がった好奇心が空回り始める。このままでは制限時間なんてすぐ来てしまう。

「じゃあ、今、私が一番訊きたいこと教えて。一人で京都まで何しに来たの？　充電のためだけじゃないでしょ」

「アアそうだよね……ウ、ウーン、鬼退治」

エッ、開いた口がそのままフリーズした。二の句が継げない。

この人は真面目な話をしているのにふざけているのか。

アンタは桃太郎なのか、お供はどこにいるんだと追及する気力も出ない。幼稚園の時のお遊戯会から今でも脱却できずにいるのだろうか。イージーな言い方をすれば「アッ、そう」で終わるとでも期待していたのか。

もうその手には乗らない。

「フーン、で、どうやって鬼退治したの。まさかお豆投げつけたなんて言わないわよね」

アディショナルタイムはまだ45分ほどある。たっぷりお話を聞かせてもらおうじゃないの。

「ウーン、そこが説明難しいんだよねぇ。肉弾戦っていうんじゃないけど、そりゃあ少しは肉体的ダメージは食らうよね」

理沙子の皮肉をものともせず、芳之はそう言って左手をピラピラさせた。

「まるでわかりません」

冷たく言い放つ。

この人、時間稼ぎをしてるんじゃないわよね。サッカーだったらイエローカードだからね。

「……だよね。基本的なところから説明しないとダメだよね。基本といっても何が基本かなぁ」

どう話せばわかってもらえるのか、首を左右上方に動かして視線を漂わせている。少なくとも首にダメージがなかったのだけは確認できた。

理沙子自身、相手にわかってもらえなくて四苦八苦したばかりだったので、少しは芳之の苦悩が理解できたが、突然の理沙子と長考中の芳之ではわけが違う。ここで情けをかけるわけにはいかない。

「陰陽師……っていうより時々陰陽師になるけど、職業はって訊かれたら陰陽師ですとは絶対言わないし」

「田辺さんのこと訊いてないでしょ。そんな時間稼ぎいらないから」

「ナベちゃんはちょっと違うんだなぁ」

「そう言ってたよ。何か自信はなさそうだったけどね」

「フーン、それでナベちゃんに手を貸してもらったの？」

「お手伝いも何も、田辺さんがきっと京都にいるからって言うから。晴明神社までは一緒に来てくれたのよ。あそこではぐれちゃったけど」

「アァそうだったんだぁ。よく働いてくれたね、ナベちゃん。オフクロも大喜びだね」

「田辺さんはすごくお義母さんに感謝してたわよ。命の恩人だと思ってるみたい」

芳之は「フフフ、そうだろうね」と理沙子にはわからないだろうなという笑い方をした。バカにしてんの、この人。

「田辺さんのことはもういいのよ。どうせそのうち斜め後ろから、り、りさこさんって声かけてくるから。それよりあなたは何をしてたの、もう一度訊くけど」

だから……「鬼退治って話はもういいからね」と理沙子が先回りしたので、芳之は渋っ面をした。顔面の皮膚が引き攣れたのかイツッと痛そうな顔に変化する。

「陰陽師の……晴明の子孫ってナベちゃんじゃなくて僕……なんだよね」

アァそうなの、とまた危うく答えそうになる。あの退職事件の二の舞になりかけた。本人は意識していないのだろうが、こういう重大な案件を白状する時のタイミングが絶妙にうまい。たぶん持って生まれた稀有な才能なのだろう。チェンジアップには常に気をつけるようにしているのだが、これまでに何度も引っかかって芳之の思うつぼになっていた。

「ふざけないでね」

触れたら凍傷を起こしそうな声で答える。

「陰陽師はもう聞き飽きたから何か他のにしてくれない。どうせなら調理師でもマッサージ師でもいいし、思い切って遺体修復師なんてのはどう。けっこうレアじゃない?」

「嘘じゃないんだけどなぁ。証明書や免許証があるわけじゃないので僕の言うこと信じてもらうしかないけど」

経験上それは十二分にわかるが芳之の話は現実味に乏しい。

「理沙さんには言ってなかった、というか内緒にしてたけれど毎年京都に来てたのはご先祖様の命日でご供養するためだったんだ。9月26日」

エッ、という音が出たっきり唾を飲み込むことしかできなかった。やっぱりあの京都一泊旅行はそのためだったの……芳之の話を信じればの話だけど。

「ゴメン。でも理沙さんとの京都旅行は毎年楽しみだったんだよ」

明らかに付け足しだなと察知したが、なるほどつじつまは合う。毎年何があってもその時期に京都に、しかも晴明神社のすぐそばのホテルに宿泊し、朝早く出掛けていた。

だからって、晴明の子孫……?

「そんな、陰陽師だなんて結婚する時、言ってなかったじゃない」

「だって訊かれなかったよ」

「訊くわけないでしょ、そんな非現実的なこと」

ドラマでよくあるやつだ。こんなやり取り、まさか自分がするなんて思ってもいなかった。

「じゃあさ、何か術見せてくれる？」

「じゅつ……？」

「スプーン曲げなんかダメよ。それと陰陽師さんて天候も占うらしいけど、明日の天気がわかるなんてのもダメね。そんなの気象予報士さんだってわかるんだから」

田辺の説明やスマホで得た知識によると陰陽師は自然現象から吉凶を占っていたらしい。夢占いというのはさすがに信じがたかったので「私、夕べどんな夢見たかわかる」という質問はせずにおいた。

暗礁に乗り上げてしまった船長の顔つきになると芳之は両手で頭を抱えた。

「なかなか難しいんだよ、これが。術と言ってもね。証拠と言われても……アァ証人なら……一緒にお仕事してたから。ホラ、さっきの神戸の芦屋君。今回いつもより大変そうだったから手を貸してもらったんだ。芦屋君も陰陽師の子孫なんだ。芦屋堂満《どうまん》って聞いたことないかなぁ」

陰陽師は晴明だけでお腹いっぱいだったので、もうこれ以上受けつけなかった。それに変な響き。やっぱりアラビアから帰化した人なのか。

助太刀って留守電メッセージはそういうことだったの。イヤ、ちょっとそれはないでしょ。友だちには違いないのだろうが、転居の知らせにいい年をして星マークをくっつけてくるような軽い男だ。どうせつじつま合わせはしてあるのだろう。芳之と2人してニヤニヤしながらホラ貝を吹いている姿が見える。

エッ？　星マーク……興奮していてすぐには浮かばなかったが、ちょっと前にイヤになるほど見たではないか。でも似てるロゴ一つでアアそうだったんだにはなるわけない。

「それで2人して鬼退治をしてたってわけね。犬や猿が調達できなかったから旧友を呼んだってことね。マァ熱い友情ったらないわ。命がけよね芦屋さんも」

棘のたくさん生えた嫌味だったが、そうせずにはいられなかった。追及の手を緩めてはならないと、今は罪を暴こうとする鬼検事の姿に変身していた。芳之が陰陽師だという確証は、まだなんら得られてはいない。

こうなったからには芳之と出会った頃から一つ一つ検証しないといけない。左上に視線を送り、理沙子は最近たるんでいる海馬にムチをいれた。移動してしまっている記憶も呼び出さないといけない。

芦屋さんのことはなんとなく理解できる範囲と言っていい。そうは言っても、あのおとぎ話のような支離滅裂な話を許容できる寛大さが自分の中にあるのが条件だし、第一に芳之がふざけてなければの話だ。

例の金具の星マークも確かに関係性は見いだせる。芳之のプライベートルームには他にも関連書籍や壁のポスターもあって、星占いをしていたという田辺の話とも合致する。そう、たった一度だがプラネタリウムにも連れて行ってくれた。

ウーーン、でも陰陽師フリークだったらこのくらいするのではないだろうか。イヤ、そうであればコスプレの衣装もどこかに隠してあるはずだ。あの施錠してあった物入れの中か？　もう一度ガサ入れをして証拠固めをしなくては。

まだ本人の自白と状況証拠しかない。

「でもやっぱり術みたいなァ。芦屋さんが偽証しないとは限らないしさ」

「エーッ、そんな人間じゃないよ」

「疑うわけじゃあないけど、百聞は一見に如かずって言うじゃない」

「まあね、そう言われちゃうと……」

清明の子孫と自称する芳之はそう言って考えこんだ。額にシワを寄せたせいで眉間に貼られた絆創膏がはがれそうだ。

「しょうがないかなァ」と言って絆創膏を押さえつけると、両手の指を妙な形に合わせ顔の前に引き寄せた。フッと目を閉じると、ゴニョゴニョとよく聞き取れない声を発した。

キョトンとした顔で芳之を見ていた理沙子は、明るかった部屋がみるみる翳っていくのを見て驚いた。何が起きたかわからず大きな窓に目を向けると、外は暗く突然の雨が降ってきそうな怪しい雲行きだ。

「うわァー、雨降ってきちゃう。傘なんて持ってきてないよー」とあわてて振り向くと、芳之はうっすらと目を開け合わせていた指を解いた。

ほんの数秒前と変わらない陽射しが戻る。

「ナ、ナニ、今の……。どうしたの？」

「ちょっと……やらかした」

やらなきゃよかったなァの後悔をするかのように、芳之は左手で頭をかいた。

「なんかやらないとどうしても信じてくれそうもないしさ。でもうまく印を結べなくて」

と真っ白い包帯の巻かれた右手をヒラヒラさせた。

「ホント……なの？　天気操れるんだ」

「ウン、専門分野だし」

アア、長く勤めてたもんね……とつい言いそうになったが躊躇する。そうだった、陰陽師は気象や天体のエキスパートだったんだ。て、ことは、ホンモノ！

「最近、猛暑だったり豪雨だったりいろいろあるでしょ。押さえ込もうとしてるんだけどこれが年々難しくなってきてね」

「じゃあそうしなかったらもっと大変ってこと？」

「だろうね、きっと。これでも少しは貢献してるんだ」

芳之はヘヘッとつけ加えてはにかんだ。

「ワー、そうなんだ。アァ、でも旅行した時、台風で大雨の時あったでしょ。ビショビショになってホテルに帰ってきたじゃない。陰陽師力でコントロールすればよかったのに」

「ウーン、プライベートな事で使ったらまずいでしょ。コンプライアンスだね」

大変なのね陰陽師も、と納得する。

アラアラ、陰陽師認定しちゃった……？　と自分でも驚く。

ちょっと悔しいのでもうひとつ訊いてみた。

「ネェ、『エイヤー』とか気合入れて叫ばないの？」

苦笑した芳之の顔が何となく愛しい。

思いを寄せてあげれば、長く勤務してきた気象情報会社は陰陽師にはうってつけの仕事だ。例の早期退職騒動の頃からサイドビジネス（じゃないか？）の方が忙しくなってきたのかもしれない。そして、転職の誘いは情報誌にも載ることはない。

長い間、気象衛星や天気図に頼らず空を見上げて瞑想する独自の方法で予報を出していたのだろうか。上司や部下にずっと煙たがられていたのだったらかわいそうな気もする。

「ネェあなた、お義母さんのこと考えたことあるの？　そんな晴明の子孫なんて戯言、お義母さんが聞いたら『あら、じゃあうちの人もそうだったわけね。私は何も知らされていなかったわ』ってお義父さんがとんでもない秘密を抱えたまま亡くなったことに改めて悲しむことになるでしょ。自分の保身だけじゃなくて、少しはそういうこと考えたらどうなの」

年老いた親御さんのためにも早く罪を認めてしまいなさいと諭す人情派検事の常套手段に打って出る。

「アー、オフクロねぇ」

「そうよ。いくら元気でも、もう90近いのよ。芳之がそんなでたらめをって泣くわよ。正直に吐いて親孝行したらどう？」

取調室のデカも少々混じった。

「そのオフクロなんだけど……そっちが血筋」

「ハァ？」

「だから、晴明の血筋はオフクロのラインなの」

頭が混乱してきた。そうか、勝手に決めつけていたがお義母さんがそっちラインか。アァそういえば、お義父さんはお婿さんだった。

「オフクロからも、もう還暦になるんだから理沙子さんにも話しておかないとだめだよって言われてたんだ」

エーッ…本当の話なの、これって。血の気を失って白く変色した脳が必死で働こうと糖分を要求したが、ポッキーはもうない。

絵空事だとばかり思っていたが、直接的な証拠はないにしろ芳之の話に齟齬はないし、間接証拠の積み重ねで合理的な話になっている。

お義母さんと話していた時も時々ボソッとよく理解できないことをつぶやいていた。今思えば、母親が子どもを心配しているというだけではない別の何かがそこにはあった。

「今までも時々家を空けることあったでしょ。もちろん正規の出張もあったけど半分くらいはこっちのお仕事だったんだ。芦屋君からのオファーもあったし」

このポワーッとした、人畜無害の、おじいさんと呼ばれても不自然じゃない人が、鬼と一戦交えてたってこと。いくら大柄だからって鬼とは階級が違うでしょ。だいたい、鬼ってあの角の生えたあの鬼？

「だとすると、私も陰陽師の子孫の女房としての覚悟をしなくてはいけないってことね」

「別に今まで通りでいいんだけどな。陰陽師の修行をしろなんて無理強いなんてしないから」

「そんなこと言ったらパワハラで離婚ですからね」

「だから、今まで通り」

「わかったわ、ならＯＫ」

軽率な返事。あまりの展開に貧血ぎみの脳細胞は重大なことを重大と捉えられなかったらしい。瀕死の細胞たちは芳之が見つかったことの方にベクトルを向けている。軽々しい質問を続けた。

「あと一つ質問していい？　私ね、鬼って一度も見たことないんだけど陰陽師ってそれ見えるの？」

「ウン、難しい質問だよね。それは、具体的な姿かたちがあるわけじゃないから、わかりやすいように鬼って言ったんだけどね」

「ちっともわかりやすくない」

「そうだね、僕たち人間の心の闇、っていうのかな。誰だって恨みとか妬みとか悪意なんていう感情を抱えているでしょ。どんな聖人君子だって多かれ少なかれ。それはきっと自然なことなんだ」

「パンドラの箱に詰まってたんだからね、そういうの」

「マ、マァね、たぶん。そういう凝り固まった悪意を抑えたり宥めたりしていたんだ。理沙さんには内緒だったけど、時々深夜営業したりしてね。直接出向かなくてもなんとかなってたんだよ、昔は。でもこの頃その悪意が膨らむ一方で、しかも悪性度がドンドン増していて悠長なこと言ってられなくなってきたんだ」

「……だから退治するしかなくなった」

「ウン、仕方なくね。でも、僕らの仕事も年を追うごとに厳しくなってきてさ。それは僕が齢を取ってパワーが減ってきたっていうのも一つの理由なんだけど、それより人の心の奥底にチョロチョロと留まっていた悪意が形を変えながらあっちこっちで醜い貌を出し始めているせいなんだ。目に見えない悪意があふれてきている。その理由が何かなんて僕にはわからないけど、そのすさんだ魂を少しでも鎮めたいんだ。晴明が活躍した平安の世にも怨霊の話がいっぱいあってね、それを祓い清めるのも陰陽師の仕事の一つだったようだよ。結局その怨霊というのも、人の心の中にあるどす黒い感情そのものなんだ」

それは理沙子も常日頃感じていることだった。

ネット一つとっても、芳之が言うように、悪意の断片があちらこちらに散らばりディスプレイから気味の悪い触手を伸ばしてくるような気がした時もあった。

陰湿ないじめは地下に潜り込んで、より陰湿さを増し、理沙子には信じられないような陰惨な事件は後を絶たない。

「ウン、それはわかる。ホラ、里田の家って母と妹2人でしょ。あと私も入れれば女ばかりだから、今話してた悪意ってヤツに屈しないように生きていこうっていう鉄の絆があるんだ。今まであなたのこと頼りになるとは思ってなかったから」

「ひどいなぁ、僕だって一人前の男なんだからね」

「それに陰陽師……だしね」

悪びれる様子もなく芳之はフフフと笑った。

「それはそうと陰陽師さん。ネットによると途中から姓が変わってるよね」

「ウン、そう、よく調べたねぇ。先祖たちが江戸に転勤してきた時に諸々の都合で変えたんだけどね、僕のラインはその姓が仰々しくて嫌だったらしく、そのままで通したって聞いてる」

「田辺さんのラインとはまた違うのね。そうそう、それに田辺さんには助太刀頼まないの？　頼りなさそうな態《てい》をしてるけど、ほんとはすごいやり手なんじゃないの、なんとかレンジャーみたいな」

「ウーン……ナベちゃんは……式神だから、オフクロの使ってる」

「アッ知ってる、式神って。ネットで見た。陰陽師が使ってる手下みたいな……エッ、田辺さんがそうなの？　なんにも言ってなかったよ、そんなこと。それにネットに出てた絵とはまるで似てないし」

「ナベちゃんは半分わかってて半分わかってないんだよ。陰陽師だということにしとけば本人が楽だろうからってオフクロが言うもんだからね。オフクロも晴明のようにはこき使っていないようだよ、パワハラって言われちゃうしね。それに橋の下なんかに住まわせたらモラハラだしね」

自分のジョークが気に入ったのか、芳之は小指の骨折も気にせず手をたたいた。

「ちょ、ちょっと待って。じゃあ田辺さんって人じゃないってこと？　かわいそうじゃない。陰陽師は代々継がれてるってのは理解できるけど式神って……」

「ウン、僕もそこまではよくわからないんだけど、彼らには彼らのラインがあるらしいよ。本人もわからないようなんで、その辺はアンタッチャブルなんだ」

「でも人じゃないんだよね」

「そだね。でもさ、人でも人と呼べない魔物みたいな人だっているでしょ。鬼畜の所業としか思えないことを平気でやる人。外見が人間だからって人じゃないかもしれないよ」

「そっかー、田辺さんみたいな心優しき人もどきばかりじゃないってことよね」

芳之は理沙子の目をチラッと見ると、ちょっぴり悲しげな笑顔を見せた。

「どうしちゃったのかしらね、田辺さん」

「自分の居場所見つけちゃったのかもね」

「そういえば田辺さん、さっき同僚の人と連絡取ったって言ってたから……。エッ、同僚ってやっぱり式神さん？」

「その同僚ってだぁれ？」

「エーッと、さわ」

「アア、沢辺クンね、そうそう。彼も式神」と言って邪気のない笑顔を見せた。

芳之の話が本当だとしたら、逆に邪気があったら困る。

「何よ、ヤラしい笑い方して」

「オフクロがちょっといたずらしてね。眷属なんだからどこかリンクした姓にしようよって。それでタナァベ、そしてニューキャラのサワァベ、わかる？　わかんないよね、こんなの」

視線がこんがらがり、口は半開きになった。緊張していて口の中が渇いていたからよかったものの、そうでなかったらヨダレを垂らしていたところだ。口もとのストレッチを瞬時にしてから冷静さを装い返答する。

「いいんじゃない、ゴッドファ……ゴッドマザーなんでしょ」


趣味の悪い冗談か、芳之には珍しいホラ話かと最初のうちはイラつきながら聞いていたが、いつの間にかその話を受け入れている自分がいて、理沙子は夢を見ているような気分になっていた。これが芳之の秘儀なのかとちょっとばかり疑った。

ごくごくスタンダードなサラリーマンと結婚して平々凡々とした人生を送ってきたはずなのに、そう思っていたのは自分だけで、夫はサラリーマンと陰陽師を兼業していたなんて。しかもあのビッグネームの血を引いているエリート陰陽師。

欲を言えば、そっちじゃなくてエリートはサラリーマンの上についていてほしかった。

「僕や芦屋君のような人間には見えなくてもいいものが見えてしまうんだ。美しい十五夜の月の表面に禍々しい模様が浮き出てたり、誰が見ても驚くほどの青空がムクムクと増殖したどす黒い斑点で覆いつくされてしまうのを。たぶん遠い先祖が獲得した力がDNAの中に組み込まれているんだろうね」

考え方によっては芳之は数奇な運命のもとに生まれたのかもしれない。ただそれを恨まず、自分のやるべきことを全うしようとしている。

昨日見た息をのむような鳥取の空も芳之にはおどろおどろしい無数の邪気が広がっているように見えてしまうのだろうか。

それでも……それでも……。

あの空を芳之にも心から「きれいだね」と言ってほしい。

本当の青い空だと知ってほしい。

本当の青い空だと信じてほしい。


ビッとスピーカーから音がして芳之が反射的に顔を向ける。

「あべさーん、あべよしゆきさん、処置室にお入りください」

「じゃあ……行ってくる」

絆創膏と傷だらけの顔を理沙子に向け、安倍芳之は穏やかな笑顔を見せて立ち上がった。

この物語はフィクションであり、実在の人物及び団体とは一切関係ありません。

著者プロフィール
原　一実（はら　かずみ）
1954年生まれ。
茨城県出身・在住。
歯科医師。

青空チェイサー

2023年 1 月15日　初版第 1 刷発行

著　者　原 一実
発行者　瓜谷 綱延
発行所　株式会社文芸社
〒160-0022　東京都新宿区新宿1－10－1
電話　03-5369-3060（代表）
03-5369-2299（販売）

印刷所　株式会社フクイン

ISBN978-4-286-27006-7